ハーレクイン文庫

百万ドルの花嫁

ロビン・ドナルド

平江まゆみ 訳

HARLEQUIN
BUNKO

THE STONE PRINCESS

by Robyn Donald

Published by Harlequin Japan, a Division of K.K. HarperCollins Japan, 2025

百万ドルの花嫁

◆主要登場人物

ペトラ・スタンホープ…………慈善団体の職員。
ケイン・フレミング…………ペトラの元夫。投資家。ＩＴ企業社長。
ローレンス・スタンホープ……ペトラの伯父。
キャス・スタンホープ…………ペトラの伯母。
デイヴィッド・ケアリー………ペトラの友人。

1

十八歳の誕生日、ペトラは彼に出会った。

それは絵に描《か》いたようなロマンスの始まりだった。ペトラ・スタンホープは睡蓮《すいれん》の池にかかる小さな橋の上に立っていた。夏の夜空に輝く月の光が、彼女の濃いブロンドの髪を銀色に染め、青いシフォンのドレスは、微妙なブルー・グリーンの瞳をサファイアのようにきらめかす。ほっそりとした腕を伸ばして橋の手すりにもたれかかる姿は、おとぎばなしの妖精《ようせい》を思わせた。ドレスはふんわりとして、華奢《きゃしゃ》な体を引き立て、淡い光が整った顔立ちに花を添える。

誕生日パーティのためにドレスアップしたとき、ペトラは自分の大人びた姿にぞくぞくした。髪は、伯母かかりつけのヘアドレッサーが結い上げた。巻き毛が一筋二筋こめかみから細い首にかかっている。その首には伯父と伯母から贈られた誕生日のプレゼント——見事な真珠のネックレスがあった。

青いドレスも申し分ない。伯母のキャスはペトラを十年前に引き取ったときと変わらず子供扱いして少女らしいドレスを選んだが、今回はその選択が効を奏したようだ。柔らかなシフォンはペトラのやせた体や腕を隠し、一生豊かにはなれそうもない胸に、ふっくらした印象を与えてくれた。

ペトラは母親譲りの透き通った肌を持ち、目も大きく、口もとも愛らしかったが、自分が魅力的ではないと思っていた。年ごろの男の子は、もっと活発で明るい女の子が好きだ。ペトラは元来控えめで、とらえがたい色の瞳の奥に自分の考えを秘め、周囲を観察しているようなところがあった。控えめなのは、伯母の古風なしつけのせいばかりでなく、幼児体験も大きく影響していたといえる。幼いペトラはあどけないながらも鋭い観察眼で、美《び》貌《ぼう》の母親が酒に溺《おぼ》れ、転落していくのをじっと見守ってきた。

だが、今夜はそんな自分の性格など気にならなかった。ペトラは生まれて初めて大人の気分を味わっていた。

周囲も大人扱いしてくれた。幼なじみの男の子たちは、変身したペトラに色めきたち、何かにつけてまつわりつこうとした。ここ数カ月ほど機嫌が悪かった伯父でさえも、浮き浮きした様子だった。今も彼はこぼれそうな笑みを浮かべ、ペトラのほうへ近づいてこようとしている。彼は一人の男性を伴っていた。

「ああ、いた、いた」伯父は明るく話しかけてきた。「涼んでいたのかね？　こちらはケイン・フレミング。ジム・ボーンの下で働いている。ケイン、これが私の姪《めい》のペトラ・スタンホープ。私たち夫婦にとっては、実の娘みたいなものだ。小さいころから育ててきたんでね」

ペトラの視線は百七十五センチの伯父を通り越してさらに上に行き、傍らに立つ男性の端整な笑顔にたどり着いた。ケイン・フレミングには肉食動物を思わせる魅力があった。ケルト民族的な骨格から漂う傲慢《ごうまん》さは、口もとに浮かぶ笑みでさえも消すことができない。

「よろしく」ペトラはおぼつかなげに言った。

「こちらこそ」低く自信に満ちた声はどこか笑いを含み、ペトラに不安を抱かせた。

「ここでは冷えるだろう」伯父のローレンスは彼女に気づかわしげな視線を向けた。「中へお入り、キャス伯母さんがおまえを捜していたよ」

「中は蒸し風呂みたいだもの」

「今日びの連中は、やたら回転したり、体をよじったりするのがダンスだと思っとるからな」伯父は陽気だった。「昔ふうのワルツが懐かしいよ。さあ、中に入ろう」

伯父たちとともに広い舞踏室に戻りながら、ペトラは首をひねった。なぜ伯父はわざわざケイン・フレミングを引き合わせたのだろう?

もちろん、ペトラもケイン・フレミングの噂《うわさ》は知っている。伯父はいつも金融市場で成り上がった横柄な若者たちの悪口を言っていた。ケイン・フレミングは彗星《すいせい》のように登場し、由緒あるマーチャント・バンクのボーン銀行で頭角を現した。伯父は彼のことを嫌悪をこめてヤッピーと呼び、〝教養〟や〝趣味〟について長々と講釈を垂れながら、彼にその二つが欠けていることをほのめかした。

もっとも、最近伯父はやたらとぐちっぽくなっている。前回の選挙以来、心配の虫に取りつかれたかのようだ。彼は新政府のやることなすことすべてが気に入らなかった。次々に法律が改正されて関税率が下がったので、安い外国製品が大量にニュージーランド国内へと流れ、昔ながらの業者たちは窮地に追い込まれた。その元凶となった政治家たちを、伯父はことあるごとに非難した。

ペトラはそんな辛辣《しんらつ》な態度に驚いた。伯父が先代から引き継いだ家具製造会社がうまくいっていないのか、とためらいがちに尋ねてみると、ローレンスは恐ろしい剣幕でどなった。ああいう政治屋の扱いは心得ている、会社は私が父親から譲り受けたのと同じ良好な状態で後継者に譲るつもりだとまくし立てた。

それ以上何もきけなかった。ペトラがその後継者だったからだ。それに、いずれ手に入る財産にさもしい関心を抱いていると思われたくはない。だが、不安は残った。伯父夫婦は大恩人だ。今の家庭も幸せも、すべて彼らが与えてくれたのだから……。

けれども、二人の男性に挟まれて歩くペトラの頭にあるのは、伯父のことではなかった。もっぱら関心は、もう一人の男性のほうにあった。

同年代の女の子たちに比べて自分がやぼったいことはわかっている。伯父夫婦は、いつまでたっても箱入り娘のように扱うのだ。ペトラは彼らを愛し、恩義を感じていたので、あきらめにも似た気持で彼らの言いつけに従ってきた。

　だが、今になると、伯母の言いつけすべてが疑問に思えてくる。舞踏室の照明が届くところまで来たとき、ペトラはケイン・フレミングを見上げた。氷のように透き通った鋭い灰色の瞳。底知れぬ魅力をたたえた魔術師の目だ。

　ペトラの頬にぽっと赤みがさした。現実から別世界に引き込まれたような奇妙な感覚に襲われ、視線をそらすことができない。

　バンドが演奏を始めると、ケイン・フレミングは口を開いた。ペトラが伯父の噂話から想像していたような、ニュージーランドふうの鼻にかかった話し方ではない。「踊ってくれるかい、ペトラ？」

　ペトラは笑みを浮かべ、吸い寄せられるように彼の腕に抱かれた。百八十センチを超すケイン・フレミングは、少なく見積もってもペトラより十五センチは高く、たくましい肩と長い脚はスポーツ選手を思わせた。にもかかわらず、ペトラはまるであつらえたように、ぴったりと彼の腕の中に収まった。二人のステップも完璧《かんぺき》に息が合っている。

　彼はあまり話したい気分ではなさそうだが、ペトラのほうも緊張で話すどころではなかった。体中の神経がぴりぴりしているのに、快いけだるさが押し寄せてくる。目のやり場もないので、質のいいディナー・ジャケットの生地をひたすら見つめた。

このスーツ、よほど腕のいい仕立て屋が作ったものだわ。ペトラはなんとか客観的に考えようとした。いい仕立ての見分け方を学んでいたし、どんな状況でも優雅にふるまうすべも心得ている。伯母はそれをレディらしさと呼んだ。そんな古くさいしつけは下手をすると笑われそうだが、およそレディらしくない母親を真似《まね》るよりはましかもしれない。

「今日でいくつになるのかな?」よく通る声が響き、ペトラの思考をさえぎった。

ペトラはため息をついた。「十八よ」

ケイン・フレミングは三十歳より少し前といったところだろうか。不思議な灰色の瞳は、ペトラが一生かかっても太刀打ちできないほど多くのものを見ているに違いない。今、その澄んだ瞳には謎《なぞ》めいた皮肉が浮かび、官能的な唇からは笑みがこぼれている。

「じゃあ、まだ学生だね?」

「いいえ、去年卒業したわ」

「だったら、今は何をしているんだい?」

ペトラはほんの少し眉をひそめた。「キャス伯母さまは私を家に置きたがっているの」

彼女はのろのろと言った。「今年一年のことだけど」

「でも、君自身の希望は?」

ペトラは肩をすくめて、まつげを伏せた。「伯母さまの望むようにするわ。伯母さまと伯父さまにはとてもお世話になっているんですもの」

「そうか、君は孤児だったね」

「似たようなものね」ペトラはつぶやいた。「母はまだ生きているけど」

「今日はお母さんもいらしてるのかな？」

「いいえ」たった一言だったが、ペトラにはつらい台詞《せりふ》だった。そんな気持を察したのか、ケイン・フレミングもそれ以上は追及しなかった。

派手なターンを披露した一組のカップルが、ケインの背中にぶつかった。ケインは優雅にその場を切り抜けた。カップルの男性のほうが笑いながら謝る間、女性のほうはケインをわざとらしく見つめていた。その華やかな女性は、ペトラの学友の姉ジャン・ポラードだ。

ケインはジャンの粘りつくような視線を冷ややかに受けとめ、相手の目を見返した。一方、ジャン・ポラードは思わせぶりななまめかしい微笑を浮かべている。言葉は一言も交わされなかったが、彼らが知り合いであることは明らかだ。ペトラは不意に胸苦しくなり、息をついた。

「どうかした？」ケインは心配そうに彼女を見下ろした。

ペトラは首を横に振った。生まれて初めての嫉妬《しっと》。でも、それを彼に悟られるわけにはいかない。

ケインはにっこりほほえんだ。ペトラはジャンのことも、今日が自分の誕生日であることも忘れ、その笑顔にうっとりとなった。

「ペトラ」ケインは急に真顔に戻った。「君があと五歳年上だったら」

人一倍慎重なペトラでも、彼の言うとおりだと感じていた。この激しい思いは、どこにも行き場がない。思いもよらずペトラの瞳は反抗的に輝いた。

「おやおや」ケインは顔を歪《ゆが》めて笑った。「従順なだけのプリンセスかと思っていたら」

適当な答えが思いつかず、ペトラは頬を染めて視線をそらした。部屋の隅から伯父がにこにこ笑いかけてくるのが目に入った。

考えてみると、妙な話だ。ケインに敵意を抱いているはずのローレンス・スタンホープが、あからさまに激励のそぶりを見せるとは。

「確かに私は反抗的とは言えないわ」ペトラは真剣に言った。「でも、従順と決めつけられるのはいや。従順って……弱々しくて哀れな感じがするもの」

笑い声とともに、ケインの胸が盛り上がった。ペトラは彼に触れてみたいという衝動に駆られた。小麦色に日焼けした喉は、見た目のとおりなめらかなのだろうか。

「プリンセス」ケインは奇妙な口調で言った。「僕は君が弱々しいとも哀れだとも思わない。むしろ危険だと思っている」

私をからかっているのね。ペトラはきっと目を上げた。ところが、口もとに嘲笑《ちょうしょう》が浮かんでいるとはいえ、ケインの表情に楽しそうなところはみじんもない。

そのとき、ペトラは気づいた。感情の高まりを覚えているのは私だけではない。私が若すぎるから、彼は自分を抑えようとしているのだ。

「十八歳じゃ、危険も何もないでしょう」

「イブはこの世に誕生した瞬間から危険だった」

ペトラはひるんだ。「ずいぶんなお世辞ね」

「プリンセス」ケインは一語一語はっきりと言った。「もしお世辞が聞きたいのなら、ほかをあたったほうがいい。それに、そんな大きな青い目で傷ついたように僕を見るのはやめてくれ。そんな目で見られると、自分が何をしているのかも忘れそうだ。僕がつまずけば、君は床に投げ出されるんだぞ」

ペトラは笑い、自分のものとも思えない声で反論した。「たとえ何があっても、あなたがつまずくはずないわ。余裕たっぷりで踊っているじゃないの」

ケインは片方の眉を上げた。「どうかな。足もとがお留守になっていたら、どんなやつでもつまずく可能性はあるさ」

音楽がやみ、ペトラはケインに導かれてダンスフロアをあとにした。彼は二度と近づこうとはしないだろう。それもこれも、私が若すぎるせいだ。

思わぬ言葉がペトラの口をついて出た。「明日のハドソン家のパーティには出席するの?」

「いや」ケインの答えはにべもなく、ペトラは冷水を浴びせられたような気がした。

私からアプローチをかけてしまった。男の人はそういう態度を嫌うものよ、という伯母の言葉がよみがえる。ペトラはなんとか笑顔を取り繕い、こうつぶやくしかなかった。

「だったら、いいの」

「踊ってくれてありがとう、プリンセス」ケインはしばらく視線をすえてから、ペトラを伯父夫婦に引き渡した。慎重に隠してはいたが、伯母は内心驚いているようだった。ケインはしばらく立ち話をしたあと、ほかの客に会いに去っていった。

ペトラはパーティの主役らしい陽気な笑みを作り、屈辱感をひた隠しにした。その努力はパーティが終わるまで続けられた。次々と変わるダンスの相手にほほえんではいても、ケインの存在を強く意識している。彼と踊る女性たちがうらやましい。ジャン・ポラードと帰るケインの姿に気づいたときには、怒りさえ感じた。それでも、ペトラは笑みを絶やさなかった。

ようやくパーティはお開きとなった。伯母は明日は好きなだけお寝坊しなさいと言って、誇らしげなキスとともにペトラをベッドに送り込んだ。

疲れていたにもかかわらず、ペトラはなかなか寝つけなかった。ベッドに横たわり、しっかりとまぶたを閉じてケイン・フレミングとのダンスを思い出す。彼のきりっとした顔、豊かな黒髪、底に秘めたカリスマ的魅力、冷たく光る瞳。激しい興奮にいつもの冷静さは消え失《う》せ、ペトラは赤面するような想像を巡らしながら、いつしか眠りに落ちていった。

目が覚めたときには、さわやかな夏の一日が始まっていた。島と半島、潟と湖が複雑に入りまじるオークランドの美しい海辺に、太陽がさんさんと照りつける。

今日は土曜日だわ。そう気づき、ペトラは幸せな気分になった。学校は休みだし、のんびりと寝ていられる。

次の瞬間、ペトラはすでに学生でないことを思い出した。そのとたん、これからの人生が灰色の退屈な日々に見えてくる。

やはり、大学に行きたいと主張すべきだったのかもしれない。でも、世話になった伯母への恩返しだと思えば、今年一年くらい〝社交界デビュー〟に費やし、彼女のお供をして社交活動に参加するのもしかたないだろう。一緒に出歩くのが楽しみだわ、と伯母はつねづね言っていた。休暇にはオーストラリアへ行きましょう。夏のヨーロッパもいいわね……。

ペトラもそれを楽しみにしていた。昨日の夜、灰色の瞳に魅せられるまでは。

ペトラはシャワーを浴び、ベッドを直し、ショートパンツとTシャツに着替えながら、楽しい休暇、楽しい休暇と自分に言い聞かせた。月光の下、すてきな男性と一曲踊ったくらいで、この一年をだいなしにすることはできないわ。それに、ケイン・フレミングにその気がないのははっきりしているもの。

ベッドにもたれ、ペトラはケインの顔を思い出した。まっすぐ通った鼻筋、広い額、傲慢そうなあご、官能的な唇、そして知性を感じさせる瞳……。

「ペトラ？」

ペトラははじかれたように立ち上がった。「今行くわ」

ドアを開けた伯母は、姪の姿を見たとたんに眉をひそめた。「まあ、その姿で朝食をとるつもりじゃないでしょうね。伯父さまはそういう格好で食卓に着くのがお嫌いなんだから。そうそう、ドナルドソンさんのヨットで出かけないこと？　メアリーから電話があって、今日は天気がいいから、カワウ島まで遠出するんですって」

「楽しそうね」ペトラはできるだけ浮き浮きとした口調を装った。「伯母さまもいらっしゃるの？」

「ええ、それに伯父さまも一緒よ」

伯父の参加は思いがけない喜びだった。というのも、彼はここ一カ月ばかり仕事漬けで、この週末も勤めに出そうな口ぶりだったからだ。ペトラはにっこりほほえんだ。今日一日がばら色に見えてくる。ドナルドソン家のヨットは大型で贅《ぜい》を尽くしたものだ。ただ一つの難点は、同年配の若い人がほとんどいないということだろう。といっても、年上の人たちと過ごすのは嫌いではないし、とくにライオネル卿《きょう》ことドナルドソン氏と夫人は魅力的な人たちなので一緒にいて飽きない。それに、彼らの息子でペトラの幼なじみのジョニーが加わる可能性もあった。

そこで、ペトラは陽気に言った。「すてきだわ。キャス伯母さま、昨日の夜はありがとう。とても……すばらしかったわ」

伯母は瞳をうるませて、優しくほほえんだ。「あなた、とってもきれいだったわよ……私も鼻が高かったわ。昔のことを思うと……」

それ以上の言葉はいらない。ペトラはこの家に引き取られてきたときのことを思い出した。ふしだらな生活が高じて酒や麻薬にまで手を出すようになった母親は、八歳のペトラをこの家の戸口に置き去りにしてバカンスに出かけた。当時のペトラは癇癪《かんしゃく》持ちで怒りっぽく、実の親でなければとてもかわいいと思えない子供だった。しかし、別居中の両親はそれぞれ自分のことだけで手いっぱいの状態にあった。父親は浮気性の妻を避け、海外で暮らしていたし、母親は母親で子供そっちのけだったからだ。

キャスとローレンス・スタンホープ夫妻は、ペトラを温かく迎え、厳しいしつけと優しい愛情で歪んだ性格を直した。途中、ペトラの養育権を巡って、訴訟のごたごたがあったりもしたが、二人は一貫してペトラを愛してくれた。愛情に飢えていたペトラは、遅咲きの花のようにそれに応《こた》え、二人の期待を裏切らないよう懸命に努力した。

「私、ひどい子供だったわね」ペトラは伯母の頬にキスした。「あのままだったら、どうなっていたことか。伯母さまと伯父さまに出会えたのは、運命の女神がしゃかりきになってくれたおかげだわ」

伯母はくすくす笑った。「確かにあなたはひどかったわ。でも、伯父さまも私もすぐにわかったの。あなたにはお父さまから受け継いだスタンホープの善良な血が流れているとね。だから、あとはしつけさえすればよかったのよ。といっても、簡単なことじゃなかった。あなたのおかげで、私たちはさんざん振り回されたけど、それを後悔したことはなくてよ。さあ、朝食にしましょう、ペット。ただし、その前に急いで着替えてね。一時間後にはマリーナでドナルドソン夫妻と落ち合う予定だから」

マリーナにはドナルドソン夫妻だけではなく、ケイン・フレミングの姿もあった。ポロシャツにショートパンツを身に着け、たくましい太腿と腕をさらした姿は、昨夜の正装と同じくらい魅力的だ。

最初は無邪気に喜んだペトラだったが、ケインの嘲《あざけ》りの視線に、たちまち気分は落ち込んだ。胃がむかむかする。彼は私が仕組んだと思っているんだわ！

ペトラは背筋を伸ばし、ケインによそよそしいほほえみを投げてから、軽やかにヨットのデッキに乗り込んだ。そして、大げさな身ぶりで手を貸そうとするジョニー・ドナルドソンに笑いかけた。

ペトラはできるだけケインから離れて座った。ヨットがマリーナを出ると、ペトラは帆を上げるのを手伝いたいとライオネル卿に申し出た。伯母は眉をひそめた。そういうふるまいは女らしくないと思っているのだ。それでも、ペトラの気持は変わらなかった。エンジンが停止するときのヨットの小刻みな揺れ、胸高まる静けさの中、風を受けてぱっとふくらむ帆。これこそヨットの醍醐味《だいごみ》だ。それに、帆を張る手伝いをすれば、ケインの冷たい視線からも逃れられる。

「いいとも」ライオネル卿は寛大だった。「ジョニーに手を貸しておくれ」

ペトラとジョニーは日差しを浴びながら、黙々と滑車に帆をつなぎ、マストに掲げた。作業がすむと、ジョニーは気軽に言った。「来週、アイランズ湾のレガッタを見に行くんだ。一緒に行かない？」

行きたいのはやまやまだけれど、伯母が許可してくれるはずはない。「たぶん来年なら」ペトラはため息を押しとどめて言った。

そういう事情は、ジョニーもよくのみ込んでいる。彼は肩をすくめた。「来年までには伯母さんの監視も緩むってわけ？」

「伯母さまが過保護なのは、それ以外の方法を知らないからよ。自分が箱入り娘として大事に育てられたので、そういうものだと思っているんだわ」

「うちのおふくろは違うな。若いころはけっこう遊んだみたいだし」ジョニーの視線が、ペトラの背後に移った。「やあ、ケイン」声に敬意がにじみ出ている。「金融市場のほうはどうです？」

「一触即発さ」ケインはそっけなく答え、ペトラの真後ろで立ち止まった。

　ペトラは振り返らなかったが、うなじの辺りから彼の気配がひしひしと伝わってきた。

「またですか。でも、あなたなら心得たものでしょう？　父があなたは世界の七不思議に続く八番目の不思議だって言ってました。あなたのように市場を動かすには、緻密《ちみつ》な神経と度胸と直観がないとね。それに、神のような傲慢さも」ジョニーは顔をしかめた。「やっぱり、僕には医者程度が似合いだな」

「お医者さまは人の役に立つじゃないの」ペトラは優しくジョニーをおだてた。

　ジョニーは笑いながら、ペトラの髪を軽く引っ張った。「まあね。でも、医者って仕事はロマンチックじゃないだろう？」

「金融市場の仕事はそうだって言うのかい？」ケインの声は冷淡だった。「とんでもない。仕事が大変なのはどれも同じさ。それに、これは若者のゲームだ。僕もそろそろ足を洗うつもりだよ」

　ジョニーは驚きに目を丸くしたが、ケインの顔を見てからにやりと笑った。「またまた。足を洗うなんて冗談でしょう。あの仕事は依存症になるって、うちの父が言ってましたよ。あなたなら生き残って頂点を極めるだろうって」

「なんの頂点だい？」ケインは尋ねた。深く自信に満ちた声には、大空を悠々と舞う鷲《わし》のような孤高の響きがあった。

「絶大な権力、でしょう」ジョニーは無心に笑った。「なんだって思いのままだ。それが、あなたたち企業家の野心なんでしょう？　ほんと、僕らみたいな小市民の出る幕はないや、ね、ペット？」

「ペット？」

冷淡な声にまじるかすかな嘲りに、ペトラは身構えた。「ペトラの略称よ」

硬い口調で答える彼女に、ジョニーはからかいの笑みを向けてから、コックピットに下りていった。

「私は好きじゃないわ」

「別に君を責めているわけじゃないさ。でも、確かにペットって感じだな――愛らしく人なつこくて、周りからかわいがられて。君が尻尾《しっぽ》を振っていれば、みんな、ご満悦ってわけだ」

「そんな」ペトラは毒のある言葉に打ちのめされた。「ひどいわ。誰がそんなことを言ったの？」

ペトラが振り返ると、ケインは奇妙な表情をしていた。

「そう、ジャンの仕業ね」ペトラは嫉妬心を隠して、笑顔を作った。「彼女は私のことが気に入らないの。私は堅苦しくて生意気な人間だと思っているのよ」

ケインは目を細め、しげしげとペトラを見つめた。「ふむ、君にはペットよりプリンセスのほうが似合いだな」

　その言葉がペトラの胸に突き刺さった。それでも彼女は愛想のいい顔を崩さなかった。

「ありがとう」

　ペトラは視線をケインの背後にいる伯母に向けた。伯母は眉をひそめて、サングラス越しに二人を見守っている。ペトラは帆げたの下をくぐって、伯母の傍らに戻り、ほっと息をついた。底知れぬ崖《がけ》の縁からきわどいところで生還した気分だ。

　ヨットは昼ごろにカワウ島に到着し、入江の浜から百メートルほど沖に停泊した。白い砂浜には古い銅山の名残の尖塔《せんとう》が立っている。入江は北に向かってなだらかに内陸部へと続き、沖のかなたには緑にかすむニュージーランド本島がぼんやりと浮かんで見えた。

　最高のピクニックだった。おいしい食事、愉快で話のわかる仲間、黄金色の日差しと青い海。茂みからは蝉《せみ》の声が響き、さざ波が浜辺を洗う。背後にそびえる丘のおかげで、気まぐれな南風も入ってこない。ペトラは申し訳程度に食べ物を口に運び、みんなの話に耳を傾け、まめまめしく立ち働いた。私は楽しんでいる――そう思い込もうとした。

　ケインは優雅に木の切り株にもたれていた。彼の引き締まった体の前では、ほかの男性たちがまったく色あせて見える。家畜の群れに金色の豹《ひょう》がまじっているみたいだわ。ペトラは伏し目がちに彼を盗み見た。今は満腹しているけど、その気になればいつでも家畜を襲えるって感じね。

ペトラの視線をとらえて、ケインは急に表情を硬くした。頬を赤らめて視線をそらしたペトラは、自分を見つめる伯父の真剣なまなざしに気づいた。もっとも、伯父は満足げな様子でもあった。

ペトラはなんともいえない悪寒に襲われ、周囲の人々を見回した。皆、古くからの知り合いなのに、突然見知らぬ他人のように思える。ただの思いすごしだわ。ペトラはそう決めつけ、隣の女性に向かって、伯母仕込みの社交術を駆使し始めた。

昼食後、みんなで一泳ぎしたあと、若い女性の一人が言い出した。「私、日光浴してくるわ。一緒にどう、ペトラ？」

ペトラは体を拭《ふ》き終え、髪をポニーテールにまとめた。泳いでいる間も、けっしてケインを見ようとはせず、できるだけ距離を保った。けれど、彼の居場所はつねに把握していたし、彼に見られていることも意識していた。

もっと水着が似合うスタイルならいいのだけれど。ビキニなので骨ばった肩や小さな胸がさらに強調される。このうえ、ほかの女性と見比べられたくはない。

「やめておくわ。ワラビーを見に行きたいから」ペトラはさりげない口調を装って言った。「ジョニー、行かない？」

「こう暑くちゃね」ジョニーが答えた。

「そうぐうたらじゃね」ペトラはからかった。

ジョニーはにんまり笑って、腹這《はらば》いに寝そべった。「そういうこと」

ペトラは伯母に危険なことはしないと約束してから、焼けた砂を軽やかに踏んで、松林の中に入っていった。

林の中はめまいがするほどの蝉時雨だ。ひんやりとした空気が心地よい。ペトラはワラビーたちが作った細い獣道を忍び足でたどった。松のさわやかな香りが潮の香りと溶け合って刺激的だ。

今大事なのは、少しでもケイン・フレミングと離れていること。でも、目を閉じるたびに彼の姿を思い浮かべてしまう。小麦色のたくましい肌、広い肩、締まった腰と力強い太腿。そして、全身からみなぎる威厳と風格。デスクワークで体のたるんだ男性とは対照的だった。若くて健康なジョニーでさえも、彼ほどの力は感じさせない。

丘の中腹に狭い空き地があった。ペトラは大きなヨナの木陰に腰を下ろした。松の枝越しにエメラルド色に輝く入江が見える。注意深く耳を澄ますと、蝉時雨の間を縫ってみんなの笑い声も聞こえてきた。仲間たちから遠く離れ、ペトラは一人別世界にいるような気分を味わった。

古代ギリシアの樹木の精も、ユリシーズが上陸してくるのを聞きつけて、こんな気分になったのかしら。ペトラは膝を抱え、腕に頭を載せて、ぼんやりと空想にふけった。ほうせんかの香りを漂わせながら、微風が優しく肌を撫《な》でる。

うとうとしていたペトラは、不意に虫の知らせのようなものを感じた。顔を上げると、ケインが丘を上ってくるのが見える。

「伯母さんが心配してたよ。君が迷子にでもなったんじゃないかってね」立ち止まったケインは何げなさそうに言った。

ペトラは、春の小川のように澄んだとらえどころのないケインの瞳を見上げた。手足から力が抜け、ぞくぞくとしたスリルを感じる。

「私、迷子になったことなんてないわ」ペトラはかすれた声で答えた。

ケインは皮肉っぽい笑みを浮かべて、ペトラの隣に座った。「なんにでも最初はあるものさ」

ペトラは返す言葉を失った。昨夜の屈辱的な経験を忘れるべきなのだろうか？　ケインは思い直してここに来たということ？

「あのあとずっとジャンと一緒だったの？」言ってしまってから、ペトラは恥ずかしさで死にたくなった。

ケインは穏やかに答えた。「いや。もっとも、君にそう思い込ませるつもりではあったけどね」

ペトラは唇をかんだ。「だったら、失敗だったわね」その実、今の今まで、ケインがジャンと一夜を過ごしたと思い込んでいたのだ。「でも、悔しかったことには変わりないわ」

短い沈黙のあと、ケインは語気荒く言った。「僕は君の相手としては年をとりすぎている」

「私があなたの相手としては幼すぎるのよ」ペトラは訂正した。

「ペトラ、僕をごらん。君の横顔も魅力的だが、僕は君の目を見たい」

ペトラは上気した顔を上げ、彼の視線をしっかりと受けとめた。ケインの瞳がかげり、頬に赤みがさした。

「君をどうすればいいんだろう?」ケインがうわずった声で尋ねた。

ペトラは勇気を奮い起こし、ケインをじっと見つめ返した。彼の顔に浮かぶむきだしの欲望に、肌が熱くなる。

「わからないわ」ペトラはおずおずと答えた。「私……迷惑をかけたくはないの。でも、どうすべきかわからない。自分の置かれている状況さえわからないんだもの」

「ああ、プリンセス」ケインは苦いほほえみとともに目を閉じた。再び開いたときには瞳はきらきらと輝いていた。彼は頭を傾けて、ペトラの柔らかな唇にキスした。

ペトラの閉じたまぶたの裏で火花が散り、全身がかっと燃え上がる。ケインの唇は温かく、優しく、そして貪欲《どんよく》だった。激しい情熱が全身を駆け抜け、ペトラが小さくあえぐと、優しいキスはさらに熱を帯びた。

ペトラの心臓は高鳴り、彼の重い鼓動と溶け合った。ケインは唇を離し、ペトラの茫然《ぼうぜん》とした顔を見下ろしたが、ペトラの耳慣れない言葉を口にしてから、また憑《つ》かれたように唇を重ねた。

いつしかペトラの手はケインのシャツをつかみ、引き寄せていた。彼がキスしながら、仰向けに横たわったので、ペトラは力強い腕に抱きすくめられたまま彼の上にのしかかる格好になった。身動きもできない。けれども、今感じるのは恐怖ではなく、ぞくぞくするような興奮だ。

「ペトラ」ケインはまつげや頬、耳の後ろに唇を這わせていく。

耳たぶに歯を感じ、ペトラはすすり泣くような声をあげながら、彼の首筋に顔を埋《うず》めた。手はケインのシャツの下に潜り込み、固く引き締まった胸から肩へと動く。ケインの肌はシルクのようになめらかで、ほてって汗ばんでいた。

ペトラは震える声で彼の名前を呼びながら、焦点の定まらない目で、熱情にあふれるケインの顔を見下ろした。その張りつめた表情から見て、彼も同じ苦痛に似た快感に耐えているらしい。

ケインは必死で自分を取り戻そうとしていた。やがて、強い意志が欲望に打ち勝ち、彼の瞳からは動揺の色が消え去った。

「くそっ！」ケインは震える声で吐き捨て、ペトラに回していた腕を解いた。そして上半身を起こすと、膝を抱えて腕に顔を埋め、何度も荒い息を吸い込んだ。

2

ペトラは物憂げな瞳でケインを見つめていた。頭の中が真っ白で、何も考えることができない。やがて興奮が収まるにつれて、当惑がひたひたと忍び寄ってきた。乾いた唇を舌でなぞると、痛みを感じる。あやうく彼に身を投げ出すところだった。強引でふしだらな態度。ケインはきっとうんざりしたに違いない。

かつての母親の愛人の姿が、ふとペトラの脳裏をよぎった。ハンサムな顔を歪《ゆが》めた男が、別れたくないと取りすがる母をさげすむように見ていた。

〝あんたから誘ってきたんだろう〟彼は冷淡に言い放った。〝あんたみたいな女には当然の報いさ〟

ケインに軽蔑《けいべつ》されているのかと思うと急にいたたまれない気分になり、ペトラははじかれたように立ち上がった。

「いや、待ってくれ」ケインの声は氷のように冷たかった。彼はペトラの手首をつかみ、腰を上げた。「今のはいったいどういうことだ？」

ペトラはうなだれ、震えながら立ち尽くしていた。彼の顔を見るのが怖かった。

「ペトラ?」ペトラは首を横に振ったが、力強い手によって容赦なく顔を上に向かされた。ケインは彼女の恥じ入った表情をのぞき込んだ。「おびえているじゃないか! 僕が君を怖がらせたのか、プリンセス? すまなかった。僕が……僕がいけなかったんだ。君はまだほんの子供なのに」

ペトラの視線は、灰色の瞳にくすぶる炎に釘《くぎ》づけになった。思わずもう一度唇を舌でなぞると、ケインのまなざしがそのかすかな動きを執拗《しつよう》に追ってくる。彼を興奮させたことに気づき、ペトラの心臓は再び高鳴り始めた。

「私、わからないの。何がどうなったのか」

「ああ、神様」ケインはうめき、一瞬まぶたを閉じてペトラを抱き寄せた。それは単にペトラを安心させるための行為だった。

だが、体が触れ合ったとたん、二人はたちまち興奮の波にさらわれた。脚と脚とがもつれ合い、熱い抱擁に時を忘れた。やがてケインはつらそうに体を引き離した。

「君は、自分が僕にどんな影響を与えるかもわかっていない」ケインはむっつりと言った。「それとも、君は誰にキスされてもこんなふうにふるまうのか?」

ペトラの目に涙があふれた。ケインは声にならない声で悪態をついた。

「プリンセス、泣かないで。でないと、また君にキスしたくなる。そうなれば、今度はキスだけではすまない」

「私たち、これからどうなるの？」ペトラは彼の最後の言葉に胸をときめかした。

「道は二つある。これっきりお互いに会わないようにするか、十歳という年の開きを忘れて、少しずつ慎重につき合いを深めていくかだ」

判決を下そうとする判事を前にした囚人は、きっとこんな気持なのだろう。ペトラは息を詰め、すがるようなまなざしで尋ねた。「それで……どうするつもり？」

海賊のような向こう見ずで情熱的なほほえみが、ケインの顔をよぎった。「やるだけやってみよう。少なくとも僕の自制心の鍛練にはなる。しばらくすれば意志の力だけで山を動かせるようになるかもしれないぞ！　だが、とりあえずは浜辺に戻ったほうがよさそうだ」

自分の赤く腫《は》れた唇とうつろなまなざしを意識しながら、ペトラはケインと並んで丘を下りた。まぶしい日差しの下に出たときは、しばらく目がくらんだ。

まもなく自分たちに向けられたわけ知り顔の視線に気づき、ペトラは怖《お》じ気《け》づいた。むきだしの興味、嫉妬《しっと》、軽い非難。伯母はすぐさま驚きの表情を隠し、伯父は意味ありげな微笑を浮かべながらも、何も言わなかった。

しかし、伯母のキャスはずっと黙ってはいなかった。その夜、家に帰り着くのを待って、彼女は慎重に切り出した。「確かにケイン・フレミングはいい人だと思うわ。彼を嫌う女性はいないでしょうよ。でも、あの人によくない評判があることも忘れないでほしいの。彼は毒けが強すぎるわ。それに男性って、据《す》え膳《ぜん》食わぬはなんとやら、ってね」

いいえ、ケインは違うわ。彼は私を意のままにできたのに、あえて思いとどまったのだもの。もちろん、そのことを伯母に話すわけにはいかない。そこでペトラは何も言わずにうなずいた。

伯母はさらに言葉を続けた。「どっちにしても、彼とあなたじゃ年が違いすぎているわね」

「わかっているわ」ペトラは静かに言った。

「それを聞いてほっとしたわ」伯母はにっこりと笑った。「あなたは分別がある子ですもの。さあ、支度はできて？　伯父さまがお待ちかねよ。ハドソン家のパーティに遅刻したくはないでしょう？」

ハドソン夫妻はもてなし上手で定評がある中年のカップルだ。パーティを催すたびに、心憎い演出で出席者たちを楽しませてくれる。こういう才能を持つ人はめったにいないが、ペトラの母親もその数少ない一人だった。

アン・スタンホープが不運だったのは、ほかにも余計な才能があったことだ。たちの悪い男にだまされてしまう才能。そして、スキャンダルを引き起こす才能。

ケインが来ないとわかっていたので、ペトラはあまりパーティに期待していなかった。

それだけに、ハドソン家に到着した五分後、彼が現れたときの喜びは格別だった。

「ハロー」春の空を思わせる温かい希望に満ちた瞳で、ペトラはケインの端整な顔を見上げた。

「プリンセス」ケインの親しげなほほえみは、素肌に毛皮をまとう以上の快感をもたらす。

それから先は、夢見心地のままに時が過ぎた。ケインは一線を引いてつき合うと決心しているらしく、ペトラをダンスに誘うこともしなかった。だが、絶えず彼女のそばにとどまり、二人きりでおしゃべりを続けた。

意外なことに、二人には多くの共通点があった。ペトラは彼の鋭い機知を楽しみ、自分も精いっぱい応酬した。ケインの豊かな知性には感心させられたが、だからといって、それにけおされることはなかった。パーティがお開きになるころには、ペトラは単なる女性ではなく、一人の人間として認められたような気がした。これで今日の午後のことが帳消しになったかもしれない。我を忘れてケインのキスに反応したことが彼の記憶から消えてしまえばいい、とペトラは期待した。

ケインはいつもの皮肉めいた笑みを浮かべて、伯父夫婦に伴われて帰るペトラを見送った。家に帰り着くまで、伯父も伯母もずっと黙り込んでいた。しかし、一日の余韻に浸っていたペトラは、彼らの様子にも気がつかなかった。

心ここにあらずの状態で、ペトラは階段を上り、寝室に向かった。うっとりした表情で浴室に入り、クレンジングクリームのふたを開ける。そしてそのびんを手に、ぼんやりと鏡をのぞき込んだ。

次第に目の焦点が定まり、自分の顔が見えてきた。うるんだ瞳、赤く上気した頬、なまめかしくほほえむ口もと。鏡に映し出された顔が、徐々に別の顔と――美しい母親の顔と重なっていく。

ペトラの顔から血の気が引いていった。こういう母親の顔を何度目にしたことか。ケインの腕に抱かれたときの燃えるような欲望と飢え――母も新しい恋に出会うたびにそれを感じたのだろうか？

もう一つの記憶がよみがえる。愛人に捨てられて取り乱し、その寂しさから新たな恋に走る母親の姿。アン・スタンホープはロマンスやセックスなしでは生きられない女性だった。

「違うわ！」ペトラは声に出して言い、震える指でクリームを乱暴に顔にすり込んだ。

もちろん、母親とでは話が違う。アンは見境なく男性を求めたが、ペトラが胸ときめかした男性はこれまでにただ一人、ケインだけだ。肌を滑るペトラの手の動きが緩んだ。母親の面影が消え、ケインの顔が浮かび上がる。クレンジングクリームを洗い流したあと、ペトラは眉をひそめてじっと自分の素顔に見入った。そのとき、突然おなかが鳴った。考えてみると、夕食でもパーティでもほとんど食べ物を口にしていなかった。

ペトラはガウンをはおり、うっとりとほほえんだ。私は恋をしてるんだわ。そう思うだけで、不思議な気分だ。私は恋をしてるし、彼も私に惹《ひ》かれている。今や未来はばら色に光り輝いていた。あれこれと想像を巡らしながら、ペトラは足音を忍ばせて階段を下りていった。

伯父の声を耳にしたのは、書斎の前にさしかかったときだった。その声はどこか言い訳がましく聞こえた。

「それしかないんだ。信じてくれ、キャス」

ペトラは音もたてずに通り過ぎようとした。

「だけど、ペトラはまだ子供なのよ！」伯母が泣き叫んだ。

自分の名前を聞いたとたん、ペトラの足は釘づけになった。罪悪感と好奇心を同時に感じながら、その場で耳をそばだてた。

「とにかく、あの母親の血を引いているんだから……」嫌悪に満ちたローレンス伯父の声がする。「カワウ島であの子が戻ってきたときの顔を見ただろう。一人悦に入って。あの男と何をしていたか、一目瞭然《りょうぜん》じゃないか」

伯母は断言した。「あの子はアンとは違うわ。それにケイン・フレミングにキスされたら、ぼうっとなって当然よ。あんな男らしい人は珍しいもの」

「あいつは下品な成り上がり者だ」伯父の口調が険しくなる。「出世のことしか頭にない日和見主義者だよ。出世のためなら手段を選ばず、教養も家柄もない。農業全盛の時代に、まともな農民にもなれなかった男の息子だ」

ペトラは雷に打たれたように立ちすくんでいた。話の行き着く先はわかっている。伯父はケインとのつき合いを禁じるつもりなのだ。ペトラはあごをぐっと上げた。実の父親以上にかわいがってくれた伯父を愛してはいたが、今度ばかりは彼の言いなりになることはできない。

伯母がうろたえた声で尋ねた。「だったら、なぜ彼をけしかけるの？」

「それも方便だ」伯父はぶっきらぼうに答えた。「私に任せなさい、キャス。万事心得ているから」

伯母はその言葉を受け入れた。夫の言うことはなんでも信じてしまう女性なのだ。どうして夫の行動にこう無関心でいられるのか、ペトラはときどき不思議に思っていた。伯父が伯母に仕事の話をしたり、伯母が仕事について何か質問したりするのを今まで一度も聞いたことがない。

もっとも、今回の伯母はおずおずとではあるが口答えした。「でも、ローレンス、もし彼が……あの二人が……？」

「やつに何ができる。あの子はスタンホープ家の一員だぞ。それに、私だってジム・ボーンに多少の影響力はある。フレミングは日和見主義者かもしれないが、ばかじゃない。めったなことはしないさ」ローレンス伯父はきっぱりと言い放った。「さあ、キャス、心配するのはおよし。おまえはただ……」

食欲などどこかに吹き飛び、ペトラは回れ右して、そそくさと階段を上った。頭が混乱して、考えがまとまらない。立ち聞きしたことへの罪悪感はなく、嫌悪感だけが残っている。たとえローレンス伯父さまでも、私を母親と一緒くたにする権利はないわ。とんでもない言いがかりよ！　それに、私は一人悦に入ってなどいなかったわ！

でも、伯父さまはケインに何を期待しているのかしら？　あれだけ嫌っているケインを大目に見ようというのだから、よほど重要なことなんだわ。ケインに警告するべきかしら？　いいえ、それでは伯父さまたちを裏切ることになる。

彼の精悍《せいかん》な顔と力強さを思い出して、ペトラはぼんやりと考えた。ケインのことだもの。彼なら自分の面倒くらいわけなく見られるはずよ。

ペトラは窓辺に立ち、月に照らされた庭を見下ろした。睡蓮《すいれん》の池にかかった小さな橋が、光る水面に黒い影を落としている。あの橋でケインと出会ってからまだ一日しかたっていない。

ペトラは華奢《きゃしゃ》な体を両腕で抱いて、弱々しく微笑した。どうしてこう何もかもが急に複雑になったのだろう。でも、逃げるわけにはいかない。なぜなら、ケインこそ事態を複雑にした張本人なのだから。

それから三週間というもの、ペトラはケインと毎日のようにデートを重ねた。それは夢のような時間だった。ただ一つの不安は、ケインがけっして触れてこようとはしないことだ。二人はヨットに乗り、芝居や映画に出かけ、高級レストランで食事をし、カウリ松の茂る丘を散策した。ドメイン地区の野外コンサートにも足を伸ばした。潑剌《はつらつ》としてはしゃぐペトラの姿を、ケインは物憂げなまなざしで見守っていた。何度か郊外へドライブもしたが、そういうときのケインは、ほとんど口をきかなかった。

「退屈しただろう」初めてのドライブのあと、ケインは声をかけた。

ペトラは無邪気に首を横に振った。ケインのそばにいて、どうして退屈なんてできるだろう?

ケインは唇を歪め、いくらか嘲《あざけ》りのこもった笑みを浮かべた。しかし、その嘲りは彼自身に向けられたものらしく、穏やかにこう言った。「遠慮はいらないよ、プリンセス。僕はドライブしながら考え事をする癖があるんだ。そうすると、いいアイディアが浮かんでくるんだよ」

ケインはどんな話題にでも乗ってきたが、自分の感情的な部分や生活については口を閉ざしていた。それだけに、どんなに小さくても彼に関する発見の一つ一つが、ペトラには大切な宝物だった。

「私、邪魔じゃなかった?」ペトラは不安げに尋ねた。

ケインはその質問を笑い飛ばした。「大丈夫。さあ、家まで送ろう。食事のために着替えるんだ。一時間後にまた迎えに行くからね」

しかし、日がたち、秋の気配が漂い始めると、ペトラの中に物足りない気分がつのってきた。ペトラはケインに夢中だった。日ごろの慎みや自制心も忘れ、彼のこと以外は考えられなくなっていた。彼にからかわれれば過剰に反応し、当惑したまなざしで見つめ返す。ペトラはそんな自分をうとましく思った。

「欲求不満のせいだな」動物園に行ったある日、ケインは豹《ひょう》の檻《おり》から振り返り、ペトラの赤く染まった頬を見ながら決めつけた。

理由もなく彼にあたりちらしていたペトラは、今や後悔に打ちひしがれていた。これじゃ、ママと一緒だわ。ペトラは茫然《ぼうぜん》となった。ケインの姿が涙でにじんで見える。

「僕もそうだ」ケインはぎこちない口調で言った。「地獄だよ。君をこの腕に抱くことを想像して、眠れない夜を過ごし、その魅力的な体を自分のものにできない現実を呪《のろ》っている」

全身がかっと熱くなる。ペトラはおずおずとささやいた。「だったら……」ケインの低い笑い声に、ペトラの頬は真っ赤に染まった。

「大人の世界へようこそ、プリンセス」

「私、自分に魅力がないせいだと思っていたわ」ペトラは子供っぽく聞こえるのを承知のうえで打ち明けた。とても黙っていられなかった。

ケインの笑みには皮肉がこもっていた。「まさか。悪い冗談だ。もし君が大人なら、迷わずベッドに誘うさ」彼は落ち着いた声で続けた。「だが、それはできない相談だ」

「だったら、私たち、どうすればいいの？」

「僕には自虐的趣味はない。君だってそうだろう。とすれば、答えは一つ。もう二度と会わないことだ」

ペトラは唇をかんで、涙をこらえた。泣いてもどうにもならない。ケインはもう覚悟を決めているのだから。決然とした表情を前にして、ペトラは胸がつぶれそうになった。

「分別なんてくだらないわ。最低よ」

ケインは自嘲《じちよう》ぎみに笑った。「すまない。こうなることは最初からわかっていた。それでも……少しでも君と一緒にいたかったんだ」

豹が音もなく木の枝から滑り下り、二人を目で追いながら檻の中を行ったり来たりし始めた。

「まずかったと思っている」ケインは相変わらず抑揚のない声で言った。「ただ、君はあまりにも天真爛漫《らんまん》だった。僕は自分にないものを楽しみたかったんだろう。でも、もうやめるよ。つかのまの快楽を求めるような真似《まね》は」

ペトラは愕然《がくぜん》とした。「私たちの関係はその程度のものだったの?」

「さあね」ケインは歯をむいてうなる豹を眺めた。「僕はそう身持ちのいいほうじゃない。それに君はあまりに若い。一時的な気の迷いで交際を続けるのはどうかと思うよ」

「あなたを愛しているのよ」ペトラは思いのままを口にした。

檻の中の豹が突然、爪をむきだして身構えた。ベルベットをまとった鋼鉄のようだ。ペトラはぼんやりと考えた。あの爪が私の心をかきむしっている。この傷は一生消えそうもない。

「わかってる」ケインはほほえんではいたものの、少しも愉快そうではなかった。「だが、その気持もいつかはさめる。そういうものだよ、ペトラ。初恋は実りにくいものだが、それでもやがては忘れる。いつか、そう遠くない将来に、僕とのことを懐かしく思い返す日が来るだろう」

「保護者ぶらないで」ペトラはくるりときびすを返し、ケインから、そして豹から逃げ出した。檻を挟んで向かい合う二匹の野獣。どちらも危険で美しく、油断がならない。でも、豹のほうがずっと親切だわ。豹は私の心をめちゃめちゃにできないもの。

ケインは入口のところでペトラに追いつき、抵抗する彼女の肘をつかんだ。

「子供じみた真似はよせ。これじゃ、僕が言ったことを裏づけているだけだ。甘んじて拒絶を受け入れられない人間に、大人と呼ばれる資格はない」

「あなたが誰かに拒絶されたとは思えないわ」ペトラは顔をそむけたまま言い捨てた。

ケインのうつろな笑い声が響き渡った。「僕は両親に拒絶された」

ペトラはぱっと振り返った。ケインが過去を口にするのは初めてのことだ。彼の冷ややかな顔を見つめ、ペトラは信じられない思いで尋ねた。「どうして？」

「僕が変わり種だったから」彼は投げやりな態度でたくましい肩をすくめた。「父親は子供のいない老夫婦の下で小作人として働いていた。学校に上がる前の僕は、よくその家に顔を出した。僕のどこが気に入ったのか、アンダーソン夫人はよく本を読んでくれた。僕は本に夢中になった。それで、彼女は本腰を入れて僕に勉強を教え始めたんだ」

「お母さまは反対なさらなかったの？」

「ああ、ほかに三人の幼い子供を抱えていたからね。一人分負担が減るのは、まさに渡りに舟だったのさ」ケインは眉根を寄せ、太陽を覆い始めた黒雲を見上げた。「車の中に入ろう。この様子だと……」

彼が話しているそばから、大粒の雨が降り出した。ケインはペトラの手をつかんで車に走った。しかし、車に逃げ込むころには、二人ともずぶ濡《ぬ》れになっていた。

「くそっ！」ケインはエンジンのキーを差し込んだ。「君が風邪をひく前に家まで送り届けないと」

しかし、それから数分もしないうちに、ペトラの体が震え出した。ケインは半ば独り言のように言った。

「うちに寄って、君の服を乾かしたほうがよさそうだな」

歯がかたかた鳴る。ペトラはうなずいた。ケインの住む家は動物園から遠くなかった。この一帯は高級化しつつあるんだ、と彼は言った。つまり、いい投資になるというわけだ。初めてケインの家に通され、ペトラは物珍しげに見回しながら、古風で小さな家の玄関に足を踏み入れた。

「バスルームはこっちだ」ケインは間髪を入れずに言った。「服を渡して。乾燥機に入れるから」

ペトラはおとなしく従った。もしこの状況を利用してケインを誘惑したら、彼はどうするかしら？　熱いシャワーを浴びているとき、そんな考えが頭をよぎった。私が裸のまま出ていったら？　きっと彼は抵抗できないわ。ペトラは唇をかんだ。いくら彼が恋しくても、そんな真似はできない。伯母から受けたしつけは、芯《しん》まで染み込んでいる。

大きなバスタオルを体に巻き、髪を乾かしていると、ドアがノックされた。「はい？」

ペトラはためらいがちに返事をした。

「ドアを開けても平気かい？」

「ええ」ペトラの声は硬かった。

「服が乾いたから持ってきたよ」

ペトラはドアを開け、自分の服を受け取った——ケインの表情に何か変化はないかと期待しながら。だが、彼は冷ややかな表情でペトラの視線を受けとめた。いくらすがるようなまなざしを送っても、ケインの決意を揺るがすことはできないらしい。

もう彼の世界に私が入り込む余地はないんだわ。ペトラは泣きたかった。子供のころのように、地面にひっくり返って癇癪《かんしゃく》を起こしたかった。あくまでも別れようとするケインの頑固さを責め、ののしりたかった。でも、伯母の教えにそむくことはできない。五分後、服を着たペトラは、肩を落として浴室を出た。

「すぐ戻ってくるよ」ケインはそう言い残して部屋を出ていった。

ペトラは何度もまばたきして、あふれそうになる涙をこらえた。絶対に泣かないわ。自分にそう言い聞かせる。そして、ソファに腰を下ろし、暖炉の炎に見入った。

名前を呼ぶ声が、ぼんやりと聞こえてくる。ペトラは言葉にならないつぶやきをもらして、ソファに顔を埋《うず》めた。再び名前を呼ばれても、ペトラは起きようとはしなかった。すると、力強い手が肩をつかんで揺すぶった。ペトラはほほえみながら、その手に顔を寄せた。

「だめだ」ケインはくぐもった声で言った。「起きなさい、プリンセス。帰るんだよ」

ペトラの唇が彼のてのひらを愛撫《あいぶ》した。そして生命線のくぼみに舌を這《は》わせ、固い肌に小さな歯を立てた。

「なんということだ」うめき声とともに、ペトラは突然たくましい腕に抱きすくめられた。

「どうして僕に触れた?」喉にからむ声でケインが尋ねる。

「そうしたかったからよ」ペトラはため息をついた。こうなるべきだということ以外何もわからない。そしてケインの喉に唇をあて、その肌触りと塩からさを味わった。

ケインの腕に力がこめられ、その喉からうめき声がもれた。目の前にあるのは、取り澄ましたうわべを脱ぎ捨て、欲望をたたえる顔だ。以前はそのむきだしの情熱に恐れをなしたけれど、今は違う。それと同じ情熱が体の中にも燃えたぎっている。

快感と期待のつぶやきをもらしつつ、ペトラは再び彼の喉にキスした。ケインは床に敷いた大きなシープスキンの上にペトラを横たえ、唇を重ねたまま彼女のシャツのボタンを外していく。ペトラはテディを着けているだけで、ブラジャーはしていない。テディの小さなスナップを引きはがし、胸をあらわにすると、ケインは大きく息をついた。

暖炉の炎に照らされながら、ケインは思いつめた表情でペトラの着ているものをすべて取り去った。ペトラもケインに促されて彼の服を脱がせ、たくましい体に手を滑らせる。

どちらも何も言わなかった。というより、今の二人に言葉はいらなかった。もはやあと戻りすることはできない。背中にあたるシープスキンの感触は、ペトラの上に覆いかぶさるケインの肌と同じくらいなめらかで官能的だった。

彼の肩にキスすると、かすかな塩からさが感じられる。やがてケインを迎え入れるころには、ペトラはみずから彼の求めに熱く応《こた》えていた。

これからどうなるのか、どうすればいいのか、まったく見当もつかない。けれども、この向こうに私の望む何かがあることだけはわかっている。熱い思いがペトラを駆り立て、体の奥底からさらに激しい感覚が込み上げてきた。

ペトラは頂に達し、苦悶《くもん》するような声をあげた。それはケインも同じだった。押し寄せてくる恍惚《こうこつ》の波の中で、ペトラはそっと目を開け、上りつめるケインの姿を記憶にとどめようとした。

それからは、暖炉の薪《まき》がはぜる音と次第に落ち着きを取り戻す二人の呼吸以外に何も聞こえなくなった。ペトラは汗が引いていくのを感じながら、満ち足りて横たわっていた。胸に頭を預けるケインが心の底からいとおしかった。

ケインはため息とともに寝返りを打ち、ペトラを自分の上に抱き寄せた。彼は何も言おうとしない。うっとりと暖炉の炎を眺めていたペトラの胸に、少しずつ暗い思いがわき上がってくる。

これが母を破滅の道に追い込んだ元凶なのかしら？　この喜びを得たい一心で、人生を棒に振ってしまったの？　羞恥心《しゅうちしん》が込み上げ、自分が恥知らずになったような気がしてきた。

そのとき、ケインが口を開いた。「最悪の事態だ！」

苦い思いがペトラの全身を貫いた。ケインの顔をのぞき込んでも、そこには何の感情も表れていない。薄い灰色の瞳は暗く、ただひたすら冷たかった。

ペトラは押し殺した声で言った。「私は後悔なんかしてないわ」

「僕は後悔してる」ケインは立ち上がって服を着始めた。「僕らが何をしたのか理解できたとき、プリンセス、君も後悔することになるだろう」彼は眉をひそめて、ペトラの華奢な体を眺めた。「頼むから、服を着てくれ！」

その激しい口調に、ペトラはあわてて服をつかんだ。屈辱感が温かく輝かしい思い出を汚し、浅ましい記憶に変えていく。

「家まで送るよ」ケインは無表情に言った。ペトラのほうを見ようともしない。

車に乗って五分とたたないうちに、ペトラは沈黙に耐えられなくなって口を開いた。「あなた、ご両親から拒絶されたって言ったでしょう。あれはどういう意味なの？」

ケインはよそよそしく答えた。「僕が農場で手伝える年になると、彼らは僕がアンダーソン家に出入りするのを禁じた。僕は朝晩乳しぼりをさせられた。疲れがたまり、おかげで学校の成績も惨憺《さんたん》たるものだ。見かねたアンダーソン夫妻が口を挟むと、両親は僕を……売ったんだ」

「なんですって？」ペトラは唖然《あぜん》とした。

ケインはこわばった表情で口もとを引き結んだ。「彼らは取り引きしたのさ。僕をアンダーソン夫妻に譲る代わりに条件を出したんだ。こうして両親は息子と引き換えに安定した地位を獲得し、僕は寄宿学校に入れられた」

ペトラは震える声で言った。「なんて野蛮なの」

「僕にとっては最善の成り行きだったんだ」ケインは言い返した。「君の生い立ちだって、似たようなものだろう?」

ペトラはひるんだ。「違うわ！　母は私を伯母に押しつけて、タヒチにバカンスに出かけたのよ。でも、私を返す段になって、伯父夫婦は自分たちで私を育てることに決めたの。理由はわからないわ。だって、私はまったくしつけも受けていない最悪の子供だったんだもの。それから裁判所の調停があって、彼らが養育権を勝ち取ったのよ」

その訴訟は一大スキャンダルを巻き起こし、ペトラの母親の情事は新聞にまで取り沙汰《ざた》された。当時のペトラは幼くて何も理解できなかったが、それでもその精神的打撃はかなりのものだった。

「そうか」ケインはぶっきらぼうに言った。「どちらにしても悲惨な子供時代というわけだな。父親の顔は覚えているのかい?」

「いいえ。私が赤ん坊のときに家を出て、十歳のときに亡くなったから」ペトラは唇を引き結んだ。「父は母よりかなり年上だったわ。私が生まれたときはもう五十近かったそうよ。その後、私たちを捨てて、海外へ行ってしまったの」

南米の山奥でのエメラルド採掘。地獄から逃げ出して、別の地獄に飛び込んだようなものだろう。ペトラの父親はそこで亡くなった。彼が命と引き換えに得たエメラルドは、残してきた娘のためのささやかな信託基金となった。ペトラが生活していくには充分な金額だった。だが、娘にとってはそんなお金よりも父親のほうが欲しかったのだ。

ペトラは慎重に言葉を選んだ。「伯父夫婦ほど優しく愛情にあふれた両親は望めないわ。両親のしてくれなかったことを、二人はすべてかなえてくれたんですもの」

車がペトラの家の門にさしかかった。ケインは奥まで車を進めず、門のすぐ内側で止め、厳しい声で言った。「君を傷つけるつもりはなかったんだ、プリンセス」

彼が別れを切り出しているのは火を見るより明らかだ。嗚咽《おえつ》が喉まで出かかったが、かろうじて尋ねた。「お願いがあるの。キスしてくれない？」

ケインは笑いともうなりともつかない妙な声をたてて、ペトラに腕を差し伸べた。

彼は冷酷なまでにペトラの唇をむさぼった。体の奥に再び官能の火がともる。激しいキスはペトラに強い確信を与えた。たとえ口でなんと言おうと、ケインはまだ私を求めているんだわ。

唇を離したケインは、ペトラのまつげと頬、唇の端にキスした。「もし何かあれば……」彼はつぶやいた。「もし君が妊娠したときは教えてくれ」

ペトラはパニックに襲われた。自分の情けないありさまを悟られるのが怖くて、ケインの顔を見ることができない。

「約束してくれ」伏せたまつげに唇を押しあてながら、ケインは言いつのった。

「ええ、約束するわ」その声は震えていた。

ケインは体を引いて再び車をスタートさせ、車寄せで止めると乱暴に言った。「いいから家に入りなさい。絶対振り返っちゃだめだ」

3

やりきれない寂しさが襲ってきた。ペトラはじっとケインを見つめ、その誇り高い顔を永遠に心の中に刻みつけた。そして、泣きじゃくりながら玄関に駆け込んだ。

　ちょうど鉢合わせした伯母が驚きの声をあげた。しかしペトラはそれにも構わず、涙で顔をくしゃくしゃにして階段を駆け上った。

「いったいどうしたの?」伯母は顔色を変えて追ってきた。「ペトラ……」

　ペトラはしゃくり上げた。「彼が私は若すぎるって……そんなこと、わかってるわ。だけど……」

「まあ、ペトラ」

　温かい腕がペトラを包み込んだ。はかない抵抗の末、ペトラはそのぬくもりに負けた。伯母の肩にしがみつき、小さな子供のように泣きじゃくる。

「これで世界が終わるわけじゃなくてよ」伯母はなだめ続けた。「つらいのはわかるわ。でも、これでよかったの。これでよかったのよ……」

ペトラはどうにか落ち着きを取り戻し、夕食の席にも顔を出した。伯父はじろりと彼女を見やっただけで、黙々と料理を口に運んでいる。その表情は硬く、何を考えているかはわからない。食事がすむと、彼は外出した。ペトラは伯母に勧められた鎮静剤を断って、のろのろと自室に戻った。

ベッドに入ってからも、なかなか眠ることができなかった。伯父が戻ってきたのは、かなり遅い時間だった。ようやく眠りに落ちたペトラは、またケインの夢を見た。彼と愛し合った熱い思い出に浸り、ペトラは何度も寝返りを打った。

翌朝目覚めたときには、体はぐったりとして頭が重かった。外は雨。暗い心を映して、空までが泣いているようだった。

「日曜日に雨だなんてね」朝食の席で、伯母はことさら明るい口調を装っていた。「でも、ちょうどよかったわ。お庭が乾いていたから、そろそろ水をまこうかと思っていたところだもの。今日はどうやって過ごしましょうか？」

「一緒にドナルドソン家を訪ねることになっていただろう」ローレンスは顔を上げ、妻に言い渡した。

「えっ……ああ、そうね。忘れていたわ」伯母はちょっとうろたえ、ペトラを振り返って、気づかわしげに尋ねた。「ペトラ、あなた一人で大丈夫？」

「ええ。もちろん平気よ」ペトラが一応ほほえんでみせたので、伯父夫婦は少しほっとしたらしい。

彼らが出かけて二十分もたたないうちに、玄関のドアがノックされた。最初は居留守を使おうと思った。だが、二度目にさらに強くノックされて、ペトラはしぶしぶドアを開けた。

そこに立っていたのはケインだった。彼の顔には表情がなく、恐ろしげな感じがする。

ペトラがためらっていると、ケインはそっけなく言った。「中に入れてくれないのかい？」

「どうして？　あなた、もう終わりだって言ったじゃないの」

ケインは冷ややかな視線を投げかけた。「考え直したんだ。一晩考えてみて、僕が間違っていたことがわかった」

頭に血が上り、急速に引いていく。ペトラは押し黙ったまま、ケインを中に通した。

居間に入ると、ペトラは厳しい口調で切り出した。「どうしてここに来たの、ケイン？」

ケインは口もとを引き結んでから、皮肉な笑みを浮かべた。「君にプロポーズするためさ」

何かおかしい。ペトラは本能的に察知した。だが、彼の透き通った瞳を見つめているうちに、期待感がつのってきた。ケインは私を愛しているんだわ。ペトラはそう確信した。

その確信だけで、警戒心はたちまち消えた。

「プロポーズのときはキスするんでしょ？」ペトラは涙に目をうるませてほほえみかけた。

ケインは喉の奥で低く笑いながらペトラを抱き寄せ、激しく唇を重ねた。ペトラは興奮の波に包まれ、不安も何もかも忘れた。

「私たちは離れられない運命なのよ」ペトラはささやいた。「ケイン、愛しているわ、心の底から」

ケインは彼女の瞳をのぞき込んだ。「本当かい、プリンセス？」彼は穏やかに尋ねた。

「そうであってほしいね」

一カ月後、二人は地元の教会で式を挙げ、ささやかな披露パーティをすませたあと、三週間のハネムーンのためにタイに旅立った。

短い婚約期間、ケインは折に触れてペトラにキスした。しかし、それ以上踏み込むことはなかった。ペトラはそれが彼の心づかいだと思い、大事にされている幸せをかみ締めた。ハネムーンの日々は夢のように過ぎていった。同時にペトラは幸福に限界があることも知った。ケインを心から愛し、ことあるごとにその思いを口にする。それでも、ケインは一度も同じ言葉を返してくれなかった。ベッドの中ではペトラの魅力を称賛しても、愛しているとはけっして言わなかった。

それればかりか、二人が初めて愛し合ったときのようにケインが我を忘れることもなかった。彼はペトラをじらすだけじらし、屈伏させるのを楽しんでいる様子だった。

蒸し暑い熱帯の夜、ケインの安らかな寝息を聞きながら、ペトラは自分が母親と同じ欲望の奴隷になっているのではないかと不安を覚えた。そして、つき合い始めたころをわびしく思い返した。

あのころは二人でさまざまなことを話し合い、ケインは私を一人の人間として認め、自分の意見を持つことを要求した。でも、今は私を子供扱いし、自分の意のままになる快楽の対象としてしか見ていないような気がする。

私がこんなにあっさりと彼に屈伏しなければ……。でも、彼を前にしてはとても抵抗できない。もし抵抗できれば、ケインも少しは見直してくれるかもしれないのに。そうなれば、今みたいに情けない思いをせずにすむ。

だけど……。ペトラは徐々に近づくオークランドの埠頭《ふとう》を飛行機の窓越しに眺めながら考えた。結婚には、互いが歩み寄ってなじんでいく時間が必要だわ。ケインはまだよそよそしいけど、時間ならこれからたっぷりあるもの。彼の性格を見極めて、少しずつ彼の尊敬を勝ち取っていけばいいわ。

ケインの妻としての生活は、ペトラが想像していたとおり、刺激に満ちたものだった。昼間は今までのように伯母のお供をして、いろいろな社交の場に顔を出した。だが、必ず夜はケインと二人きりで過ごし、一日の間につのった欲望をぶつけ合った。時折ケインは外出しようと提案した。ペトラが家にいるほうがずっといいと言い張ると、彼も奇妙な笑みを浮かべて同意するのだった。ケインに対する愛情は日に日に深まり、ペトラは彼の腕に抱かれてベッドに運ばれる幸せを味わった。二人が対等にふるまえる場所はそこだけなのだ。

慣れない家事に悪戦苦闘するペトラを見ても、ケインは苦笑いするだけで何も文句を言わなかった。ペトラはついにさじを投げ、当面は彼の有能な家政婦にいっさいを任せることにした。その代わり料理学校の入門コースに通った。

結婚して二カ月たったある日、ケインがいつもより早めに帰ってきた。その気難しい顔つきを一目見て、ペトラは心配そうに尋ねた。「どうしたの?」

「君の奉仕に対する請求書を受け取ったのさ」

吐き捨てるような言葉に、ペトラは唖然《あぜん》とした。「いったいなんのこと?」

ケインは辛辣《しんらつ》な笑みを浮かべた。「知っているだろう、プリンセス」いつもは優しく響くプリンセスという愛称が、今日は悪態のように聞こえる。「今しがた、君の伯父さんと会ってきた。伯父さんに言わせると、僕は彼と君に借りがあるんだそうだ。だから、彼がこの十五年間食いつぶしてきたあの家具工場に大金を投資しろと言う」

ケインの荒々しい声と険しい表情にショックを受け、ペトラは小声でささやいた。「私にはなんの話かさっぱり……」

ケインは不信感をむきだしにした。「本当か? 正直に言えよ、ペトラ。君はそれほどばかじゃない。芝居の片棒を担いでいたんだろう」

頭が混乱し、ペトラは吐き気を覚えた。ケインの顔を見つめても、そこには冷たい軽蔑《けいべつ》しかない。「私、知らないわ」声が震えていた。「なんの話か、見当もつかないの」

ケインはおぞましいものでも見るような目でペトラを眺めていた。「だったら、はっきり言おう。そう遠くない前、君の伯父さんはようやく自分が追いつめられていることに気づいた。危機を切り抜けるには、早急に資本を投入するしかない。ところが、十年前からこの成り行きを見守っていた銀行家たちは、当然融資を拒否した。経営手腕のなさで有名な君の伯父さんに貸す金はないってわけだ。何か反論があるかい？」

ペトラは唇をかんで、首を横に振った。

ケインは抑えた冷たい口調で先を続けた。「そこで、彼はほかに金を手に入れる方法はないかと考えた。で、僕に目をつけた。君にのぼせていたこの愚か者に。かわいい君は餌《えさ》になったんだ、プリンセス。伯父さんを助けたい一心でね」

「違うわ」ペトラは蚊の鳴くような声で反論した。彼の言いたいことがようやく見えてきた。「ケイン、そんな気持はなかったわ、本当よ」

「ごまかすなよ。彼は君が一枚かんでいたとはっきり断言しているぞ」

自分と伯父に対する不当な言いがかりに、ペトラはかっとなってケインの腕をつかんだ。

ケインは不快そうにその手を振りほどいた。

「僕に触らないでくれ」ケインは冷ややかに言い放った。「少しはおかしいと疑うべきだったんだ。それが、まんまと君にだまされて。たいした小娘だよ、君は。僕が別れを切り出したとたん、君は最後の切り札を出した。みずみずしい体を武器にして僕を誘惑したんだ。それから家に戻り、君の大切な伯父さんに話した。彼がどなり込めるようにね！」ペトラの驚きも怒りも、彼の心を動かすことはできなかった。ケインはむっつりとして言った。「君の伯父さんもなかなかやるじゃないか、こんなにだましやすいかもを選んで。僕はあっさり説得されてしまった。君は世間知らずなんだから、僕が責任を取って結婚するべきだと言われてね。それこそ、君と伯父さんの思うつぼってわけさ」

ペトラは首を振り続け、なんとか威厳を保とうとした。言い返そうにも言葉が出てこなかった。

「たいした策略だよ」ケインは侮蔑のまなざしでペトラを眺めつつ、感慨深げに言った。「彼は大金を手に入れ、君はベッドをともにする男を手に入れる。君の伯母さんも、姪《めい》が母親の二の舞を演じずにすんでほっとする」

そのとき、ペトラは悟った。〝母親の二の舞〟というケインの言葉が弾丸のように胸を貫いた。ケインは私を母と同じ欲望の奴隷だと思っている。私と愛し合うことをうとましく思っているんだわ。悪寒が全身を駆け抜け、わびしい屈辱感だけが残る。ペトラはまつげを伏せ、曇ったうつろな瞳を隠した。

「僕をばかだと思っているんだな」ケインの声には威嚇するような響きがあった。「確かに、僕はばかだった。小さな娼婦《しょうふ》とそのひもに、いいように操られていたんだから」

「あんまりだわ、そんな言い方……」

「じゃあ、なんて言えばいいんだ？　自分の事業のために姪を売るような人間じゃないか」

「ローレンス伯父さまは絶対に……」不意に記憶がよみがえり、ペトラは凍りついた。誕生パーティの翌日立ち聞きした伯父夫婦の会話が、まざまざと思い出される。ペトラは自分の手を見下ろした――落ち着かなげに握られた両手を。

「そうだ」ケインは冷酷なまなざしで彼女の手を見すえた。「そして君は、一番の上客に自分を高く売りつけようとした娼婦だ」

ペトラはひるんだ。顔から血の気が引いていく。別の記憶が脳裏をよぎった。同じ言葉を口にしていた母親の愛人たち。そして、見苦しく泣きわめきながら、相手にすがって言い訳する母親の姿。

ペトラは背筋を正した。「あなたがそう思っているのなら、もう何も言うことはないわ」

「ああ」ケインは冷たい死人のような目で彼女を見返した。「あと一言だけ言っておく――ここから出ていけ。君の顔は二度と見たくない」

4

ペトラは宙を見つめたまま腰を下ろした。拍手に迎えられて席を立った児童基金の会長ブラックネル夫人は、まずペトラに感謝の笑みを向けてから、にっこりと会場を見回した。

拍手の音が鳴りやんだ。「スタンホープさん、明快な財務報告をありがとう。あなたの来年に向けての提案もすばらしいものでした」そう言いながら、ブラックネル夫人は私語を続ける女性に厳しい一瞥《いちべつ》を投げた。当の女性はあわててシャンペングラスで顔を隠した。

「三年前にスタンホープさんが加わって以来、児童基金の運営は見違えるほど楽になりました。もちろん、基金の帳簿を受け持つ会計士たちも、枕《まくら》を高くして眠れるわけです」

笑い声が起こり、彼女はにっこりした。「ペトラが参加するまで、私たちは素人の集団にすぎませんでした。優れた活動を行いながらも、知識と方向性の欠如に阻まれていたのです。彼女が築き上げたシステムのおかげで、当基金は格段に充実し、確かな実績を上げられるようになりました。私たちが最終目的——つまり、未熟な親たちの子育てを支える財団の設立に近づきつつあるのも、彼女が立てた計画があったからです。この目的が達成されれば、虐待された子供たちを支援する当基金も、その役目を終えることができるかもしれません」

再び拍手がわいた。ペトラはかすかに笑みを浮かべて、会場となっているレストランの中を見渡した。参加者たちのざわめきを制して、会長はさらに話を続けた。

こめかみに軽いうずきを覚える。頭痛の前触れだ。ペトラはこの手の昼食会にはうんざりしていたが、そんな感情はおくびにも出さなかった。それに、すべての昼食会でスピーチを求められるわけではない。今日の会は理事たちが集う半年に一度の集まりであり、仕事よりも社交の意味合いが強い。だからこそ、高級レストランが会場となり、シャンペンがふるまわれるのだ。

まもなくブラックネル夫人はスピーチを終え、改めて会場に向かってほほえんだ。そして、席に着くやいなや、ペトラに向かって話しかけた。「キャスに出席してもらえなくて残念だわ。でも、今ごろはローレンスと太平洋の船旅を満喫しているんでしょう?」

「昨日、キャス伯母さまから手紙が届きましたわ。消印はサモアでした。二人とも大いに楽しんでいるって書いてありましたけど、ローレンス伯父さまの体調は相変わらずですって」

「でも、あと三週間のんびりすれば、二人とも元気になるわよ。ここ数カ月、ローレンスはずいぶん具合が悪そうだったもの。きっと、仕事が重荷になり始めているのね。どうして引退しないのかしら？」

ペトラはほんの少し肩をすくめた。「伯父さまは忙しくしているのが好きなんです」

ブラックネル夫人はにっこり笑って、ペトラの手を軽くたたいた。「ここは潔く、あなたにあとを譲ればいいものを。こんな頼もしい後継者がいるのにね」彼女は一家の古い友人という立場を利用して、ずけずけとものを言う。「あなたのおかげで基金の古くさい慈善活動もぐっと近代的になったわ。だけど、やり残したことはもうほとんどないんじゃなくて？　もちろん、あなたが残ってくれれば大助かりよ。でも、そろそろ新しいことに挑戦したいころでしょう。つまりスタンホープ社でってことよ」

表情こそ変わらなかったが、ペトラの目にちらりと皮肉な光がきらめいた。「ローレンス伯父さまの性格はご存じでしょう。女を責任のある地位につけるなんて、もってのほかという人ですわ。まして、権力の座となると」

ブラックネル夫人は舌打ちした。「だったら、彼の頭を切り替えさせるべきよ。もったいないじゃないの。あなたは商学部を出ているし、難しい経営学の学位も持っているわ。それなのに……」彼女は言葉を切って、ため息をついた。「とにかく、ローレンスは実業家向きじゃないわ。今が引退の潮時よ」

「今度の船旅はいい徴候だと思いますわ」ペトラは穏やかに言った。「彼がキャス伯母さまの言うことを聞いて三週間以上のお休みを取るのは、これが初めてですもの」

「そう願いたいものね」ブラックネル夫人はいったん口をつぐんでから話題を変えた。「今週、競馬場で開かれるイースターのカーニバルには行くつもり?」

「その予定はありませんけど」

「でも、行ってくれなきゃ。あそこで行われるベストドレッサー・コンテストに出てほしいの」ブラックネル夫人はもう一度ペトラの手を軽くたたいた。「去年はあなたが優勝して、その賞をオークションにかけてくれたおかげで、うちの基金がだいぶ潤ったわ。あの宣伝効果はお金には換算できないほどよ」

ペトラは観念してため息をついた。観衆やカメラの前に立たされるのはいやなのだ。裸でさらしものになっている気分がした。けれども、ブラックネル夫人の言い分ももっともだ。あれをきっかけに、児童基金は一躍有名になった。「ええ、わかりました」

ブラックネル夫人はにっこりすると、鋭いまなざしをペトラの落ち着きはらった顔に向けた。

昼食会が進むにつれて、こめかみのうずきは本格的になった。会が終わる直前、ペトラは席を立って控え室に逃げ込んだ。空調が効いた広い室内には贅沢《ぜいたく》な調度がしつらえてあり、明るい照明が鏡張りの壁を照らしている。

まばゆい光に顔をしかめながら、ペトラはグラスに水を注《つ》ぎ、ふらふらと部屋の隅の奥まった一角に移動した。かなり薄暗く、レザー張りのソファと肘かけ椅子が二脚置いてある。ペトラはほっとして腰を下ろし、バッグの中から鎮痛剤を取り出した。頭痛がすることはめったにないが、いったん痛み出すとかなり苦しめられる。今夜はデイヴィッドと芝居を見に行く予定だし、痛みがひどくならないうちに治してしまいたい。

ペトラは目を閉じて椅子にもたれ、こわばった首筋から力を抜いた。膝に載せた手にマニキュアはなく、身に着けている装飾品といえば、祖母の形見であるダイヤモンドの指輪だけだ。ケインと別れたとき、ペトラは彼の姓と一緒に結婚指輪をはめることも放棄した。

ペトラは思い出を封じ込める努力をとっくにやめていた。無理に封じ込めても、夢の中に忍び込んでくる。ペトラの顔は平静そのもので、唇は険しく結ばれている。その唇がどれほどに柔らかく奔放になれるか、今では誰一人気づかないだろう。だが、それももう過去のことだ。当時はまだ幼すぎて、この体に流れるふしだらな血に気づいていなかった。

ようやく痛みが薄らいできたわ。そろそろ会場に戻らなくちゃ。ペトラがそう思ったとき、控え室のドアが開き、会場の笑い声とともに二種類の香水のにおいが漂ってきた。

「本当に生意気な女よね」トレーシー・ポーターの声がする。コンピュータ・ソフトで一財産築いた成金の夫を持ち、慈善活動がオークランドの社交界に潜り込む早道と考えている女性だ。「あれじゃ、石のプリンセスと呼ばれるのも当然だわ」

ペトラは重いまぶたを開いた。立ち上がろうとすると、別の女性の声が聞こえた。「言い得て妙じゃない？　ペトラって、石とか岩って意味があるでしょう」

トレーシー・ポーターが勢い込んで言った。「彼女、結婚したことがあるんですってね。あの堅物が男の人とベッドインするなんて想像もつかないわ」

タイミングを失い、ペトラは出るに出られなくなった。耳をふさいでも、シャンペンで浮かれた二人の声が容赦なく飛び込んでくる。

「だから、男性を毛嫌いしてるんじゃないの」

「でも、デイヴィッド・ケアリーはどうなの？」

第二の女性が水を流しながら大声で答えた。「肉体関係がないとは言ってないわ。でも、あれは恋人同士っていうよりいい友達って感じね」

「彼女の夫はどうなの？　どんな人だった？」

ペトラは怒りと嫌悪に身をこわばらせた。第二の女性はジョニー・ドナルドソンの妻ソフィーだ。二歳年下の彼女のことを、今の今まで友達だと思っていたのに。

「ケイン？　彼は最高よ。男前で背が高くて危険な感じで、つれないところが女にはたまらない魅力だわ。ペトラと出会う前はジャンとつき合っていたんだけど、彼に捨てられたとき、ジャンは手首を切りかけたのよ。結婚した今でも、彼を忘れられないんですって。前にジャンから聞いたけど、彼はベッドでも最高の恋人だったそうよ」

その思わせぶりな言い方に、トレーシーはくすくす笑った。「それで、その二枚目は何者なの？　今どこにいるの？　この近く？」

ペトラは吐き気を覚えた。深く息をつきながら、むなしく両手で耳を覆う。

「ケイン・フレミングっていうのよ」ソフィー・ドナルドソンは言った。「二人は結婚して一カ月かそこらで別れたの。ペトラが何も言わないから、理由は誰も知らないわ。それからケインはアメリカに渡って、浮世離れした科学者が始めたコンピュータ会社に目をつけたの。その科学者は才能はあっても、それを商売に結びつける方法を知らなかったってわけ。で、ケインは彼から会社を買い取り、科学者は研究に専念し、次々とコンピュータを開発して、今のペイシェンス・コンピュータ社になったのよ」

「ええっ?」トレーシーは間の抜けた声をあげた。「あの億万長者? なんで……」

ペトラは必死に耳を覆い、声の侵入を食い止めた。

二人の女性が控え室を出るころには、頭痛は我慢できないほどになっていた。昼食会が終わり、参加者たちが控え室になだれ込むのを待って、ペトラはどさくさに紛れてレストランをあとにした。

オフィスに戻ったあと、なんとか頭痛を乗りきり、夕方まで仕事に励んだ。家に帰り着くと、服を脱いで、下着姿のままクリーム色で統一した寝室につながるドレッシングルームの鏡の前に立った。

サテンのペチコートにフランス製のショーツを身に着けているのに、どうしてこう色っぽくないのかしら。胸も腰も相変わらずだわ。この体にあれだけの情熱が秘められているとは、とうてい思えない。

八年前、ケインは私の中にいったい何を見ていたのかしら？　うぶな女を手ほどきする楽しみ？　確かに私はうぶで世間知らずだったわ。十歳年上の彼から見れば、あきれるほど子供だったはずよ。その無垢《むく》なところが気に入って結婚したとしたら、ケインは私の中に流れていたふしだらな血にひどくショックを受けたでしょうね。母親が母親なら、娘も娘とか？　彼が最初のチャンスに飛びついて、離婚を切り出したのも当然のことだわ。男の人は追いかけるのが好きで、純情な女性を口説き落とすことに喜びを感じる、とキャス伯母さまがいつも言っていた。本当にそのとおりだわ。

ペトラはヘアクリップを外し、濃いブロンドの髪を振りほどいた。自分のほっそりした体を見下ろし、不愉快そうに口もとを引き締める。あれから八年たった今でも、私はまだケインを求めているんだわ。そう思うと、口の中に苦い味が広がる。

ケインがあれほど激怒した融資の件は、単なる口実にすぎなかった。ケインがアメリカに去ったあと、ペトラは伯父に釈明を求めた。伯父はケインに彼女と結婚するように迫ったことは認めたものの、それはあくまで誘惑された姪《めい》の名誉のためだと言い張った。

「でも、伯父さまは私たちのことを知らなかったはずよ」ペトラは反論した。

伯父は視線をそらした。「おまえの伯母さんは知っていた」

ペトラは唇をかんだ。伯母がことの成り行きに気づいていたとしても不思議はない。

「お金のことは?」

「あんなくだらない男のことは早く忘れて……」

「あの人から借りたの?」

その執拗《しつよう》さに驚いたのか、彼はちらりと姪に目をやった。ペトラはその視線を真っ向から受けとめた。もともと伯父は、女は汚い現実など知らなくていいという考えの持ち主だった。だが、これればかりは譲れない。ペトラはどうしても知りたかった。

「そうだ」伯父は窓辺に歩み寄り、外を眺めながらしぶしぶ認めた。「確かに彼に融資を頼んだし、彼もそれを承知した。だが、それはあくまでつなぎ融資だ。結局は銀行から別の融資を受けたから」

ペトラは実際に殴られたようなショックを感じたが、それでも話を続けた。「彼は言ったわ——伯父さまから、私も荷担していると聞いたって」

ローレンスは口の中で何かつぶやいた。「ペトラ、よしなさい。おまえはもうあの男と縁を切ったんだ。フレミングと我々とでは住む世界が違う。おまえもじきに彼のことを忘れるだろう。伯母さんと一緒にイギリスにでも旅行して……」

「彼に私も荷担していると言ったの、ローレンス伯父さま?」

「なぜだ?」伯父はどなった。「どうして私がそんなことを言わなきゃならん?」

確かにそのとおりだ。とすると、ケインが嘘《うそ》をついたことになる。もし彼が、私が融資の一件にからんでいると誤解して去ったのであれば、誤解だと気づいた時点で戻ってきただろう――ただし、私を愛しているならば、の話だ。結局、ケインに愛はなかったのだ。

ペトラは寂しさと苦々しさの入りまじる硬い笑みを浮かべた。ケインは伯父さまからの借金の申し込みを盾にして、私から逃れる本当の理由を押し隠したのだろう――私を嫌悪しているという理由を。

とにかく、これまでに母親譲りの弱点をさらした相手は一人だけだ。そして、そこから教訓を得た。今では、感情も欲望も完全に支配している。もう二度と男性に夢中になったりしない。この八年間、ペトラはそれを信条として心に壁を築き上げ、自分を武装してきたのだ。

ペトラはシャワーを浴びて、ケインのことも、若げの過ちも強引に頭から押しのけた。今は伯父さまを説得して、スタンホープ社で働かせてもらうことが先決だわ。それに、私にはデイヴィッドがいるもの。信頼できる友人のデイヴィッドが。

5

カーニバル当日は、この時季には珍しく晴天に恵まれた。気温も高かったので、ペトラは青いクレープ地のスーツを着ることにした。新品ではないけれど、お気に入りの一着だ。深くくれたジャケットの襟もとには、祖母のものだった金のブローチを飾り、髪が隠れるほどつばの垂れた帽子をかぶる。靴とバッグはスーツと同じ色にそろえた。仕上げは控えめな金のイヤリングと香水だ。

「さあ」ペトラは鏡に向かって言った。「これで戦闘準備は完了よ」

その週末はデイヴィッドがオーストラリアのシドニーに旅行していたので、ペトラは一人で競馬場に出かけた。しかし、会場に見えるのはほとんど知った顔ばかりで、着いて早々、挨拶《あいさつ》やおしゃべりの渦に巻き込まれた。トレーシー・ポーターとその大柄な夫にさえ、ペトラは愛想を振りまいた。

化粧と身だしなみ、優雅な仕草という鎧《よろい》で固めていながらも、心の奥底ではペトラは怒り、傷ついていた。その一方で、噂《うわさ》というのはだいたいが悪口であることもわきまえていた。それに、トレーシーは確かに意地の悪いところはあるけれど、どちらかといえば単に頭の鈍い女性にすぎない。

いくらもたたないうちに、すっかり退屈になった。周りの人々の態度や服装が大げさに思えてくる。ペトラはなんとか気分を盛り立てようとした。どうして私はこう退屈ばかりするのかしら？　自分で人生の楽しみを見つけられないほど、骨抜きになってはいないはずなのに。

笑顔で知人たちと言葉を交わしながら、ペトラはもうためらうのはやめようと決心した。児童基金はもう私を必要としていない。だったら、ローレンス伯父さまになんと言われようと、スタンホープ社で働く道を切り開かなくては。

やがて、ベストドレッサー・コンテストの時間がやってきた。不本意ながら予選に勝ち残ったペトラは、つんとあごを上げ、冷ややかな口もとに謎《なぞ》めいた微笑を浮かべて、カメラと観衆の前に立った。一人の男性の姿が目にとまったのはそのときだ。その尊大な顔の上げ方は、けっして忘れられるものではない。

波打った黒い髪と広い肩にも見覚えがあった。それに、透き通った鋭いまなざしにも。ケインの前に立つと、ペトラはいつも、彼の視線が自分だけに注がれている気分になったものだ。

一瞬、観衆も馬も芝生もかすんで消えてしまった。巧みに化粧を施したペトラの顔から、

　血の気が引いていく。

　茫然《ぼうぜん》とするペトラの耳に、別の女性の名前が飛び込んだ。自分が優勝しなかったと知って、ほっと胸を撫《な》で下ろした。カメラのフラッシュと観衆の拍手を前にして、ペトラは弱々しく微笑したが、その間も、ある一定の方向にだけは絶対に視線を向けないように努めた。だが、コンテストが終わるころ、我慢できずにおそるおそるその方向を盗み見た。

　思わず安堵《あんど》のため息がもれた。そこには彼の姿――氷のような瞳で人を見下す長身の男性の姿はなかった。

　いきなり振り返った拍子にペトラはトレーシー・ポーターにぶつかった。「ごめんなさい」相手の好奇の目を意識しつつ、ペトラは謝った。

「あなた、顔色が悪いわよ！」

「ちょっと頭が痛くて」それがペトラが最初に思いついた言い訳だった。

「まあ、災難ねえ」トレーシーはわざとらしく同情を示した。

「ほんとにね」皮肉めかして答えたが、トレーシーはなおもしつこくペトラの顔色をうかがっている。「もう家に帰ろうかと思っているの」

「お気の毒だわ。待って。私、バッグに鎮痛剤を入れてきたの。薬と一緒にお茶でも飲めば……？」

　ペトラはなんとか笑顔を作った。「いいえ、やっぱり帰ることにするわ。ありがとう、トレーシー」

着飾った人々。まばゆい日差し。ざわめきと笑い声。ペトラはその中を足早に通り抜け、会員専用の駐車場に出た。

そのとき、背後から声がした。「ペトラ」

ペトラは車のサイドミラーをつかんで、ふらつく体を支えた。胸の中で心臓が痛いほどとどろいている。

「僕に気がついていただろう」渡米して八年たっても、ケインの冷ややかでそっけない口調は少しも変わっていない。

深く息を吸って、ペトラは振り返った。「そのようね」ペトラは挑戦的にケインの顔を見返した。

三十六歳になったケインは、男らしさに磨きがかかり、さらにカリスマ的な魅力を深めていた。まっすぐに伸びた鼻筋、透明な瞳、黄金色に焼けた肌、広く秀でた額、頑固そうなあごの線と頬骨。女性を引きつけずにおかない魅力は生涯変わらないだろう。

要するに動物的な魅力ね。ペトラはいやみっぽく決めつけた。十八歳のときはその魅力の虜《とりこ》になった。今も魅力を感じないではなかったが、八年間努力して築き上げた落ち着きは、そう簡単に崩れるものではない。

「それで、ここで何をなさっているの?」ペトラはいかにも社交辞令らしい口調で尋ねた。

「伯母さんそっくりの言い方だな」

「あら、そう?」ペトラは眉を上げ、ちらっと侮蔑《ぶべつ》の表情を浮かべると、すぐに背中を向けた。

「どこに行くんだ?」

「自分の車に戻るのよ。ここは暑いし、みんなが見ているもの」

「見られちゃ困るのかい?」ケインは皮肉っぽく追及してきた。「さっきはさんざん舞台の上で自分を見せびらかしていただろう。テレビカメラも君ばかり狙《ねら》っていたぞ。優勝しなかったのが不思議なくらいだ」

ペトラは怒りを抑えて、軽く肩をすくめた。不幸な子供たちのために自分を〝見せびらかした〟のだと言えば、ケインは笑い出すだろう。どのみち信じてはもらえない。八年前、わがままな子供だったころのペトラは、自分以上に不幸な子供たちのことなど考えもしなかったのだから。

「反論しないのか?」ケインはさらに言いつのった。

「ええ」ペトラはしっかりと彼を見返した。「あなたが去ったあの日に、もう二度と言い訳じみた真似《まね》はしないと決めたのよ」

ケインはいぶかしげな顔をした。「あのとき、君は言い訳などしなかった。言い訳も説明もなし。黙って荷物をまとめ、家を出ていったんだ」

「あなたが聞く耳を持たなかったからよ。で、ここで何をしているの？」ペトラは質問を繰り返し、彼の追及の矛先をかわした。

「もちろん、君に会いに来たのさ」

一瞬、ほんの一瞬だけ、ペトラは期待に胸を躍らせた。だがすぐにその期待は消え去った。ケインはただ会いに来たと言っただけだ。

ペトラはなんとか落ち着きを取り戻し、気のない声で言った。「そう？　どうして？」

「君がどんな人間に成長したかを見るため、かな」ケインはあてつけがましく答えた。

「じゃあ、もう用はすんだわけね。さっさとアメリカに帰ったらいかが？」ペトラはよどみなく言い、自分の車のドアにキーを差し込んだ。

「いったいどうなったんだ、君は？　あのころの君は、伯母さんや伯父さんの言いなりになって、愛してもいない男と結婚するほど素直な子供だった。だが、少なくとも輝きや情熱があった。今の君はきれいなだけの人形だ。舞台の上でも、男たちの熱い視線を浴びていながら、何も感じていなかった。そうだろう？　君は輝くばかりの鎧で観客の欲望や思惑を払い落とし、平然とそれを踏みしだいて歩いていた。いったい君はどうなっているんだ？」

ケインの激しい言葉が、胸に突き刺さる。水晶のように透明なまなざしに射すくめられ、ペトラはなすすべもなく首を横に振った。

「さあ、車に乗るんだ！」ケインは荒々しく命令した。「僕も車で君の家までついていくから」

ペトラは眉をひそめ、おぼつかなげな声で言った。「困るわ……ついてこられても」

「いや、そう決めたんだ」ケインは落ち着きはらって答えた。「さあ、乗って。そうやってぽかんと口を開けて立っていると、君のおしゃれなイメージがだいなしだ」

あわてて口を閉じようとしたとき、最初から口など開けていなかったことに気づいた。早くも、ケインの術中にはまりかけている。

「ケイン、ついてこないでちょうだい」ペトラはきっぱり言い渡した。

ケインはにんまり笑ってペトラに顔を寄せた。「どうやって僕を止めるつもりだい？」

もちろん、答えられなかった。乾いた唇を舌先で湿らせ、ペトラはかすれ声で言った。「ついてくるのは止められないわ。でも、家の中には入れないわよ」

ケインの瞳の奥で何かが光った。「そのうち、僕から逃げるのにも飽きてくる。だったら、今のうちに話し合いに応じたほうが得策じゃないか」彼はそう指摘しながら身を起こした。「いずれにしろ、君には答えてもらわなきゃならないことがある」

ペトラはその機会をとらえて車に乗り込み、イグニッションにキーを差し込んだ。だが、キーを回す前に困惑した顔で見上げた。「どういうことか、私にはさっぱりわからないわ」

「そのうちわかるさ」ケインは車から下がった。「運転は慎重に。この辺は道が混雑しているから」

「道路事情だったら、アメリカのほうがひどいんじゃない？」

「向こうの道路は混雑を前提にできている。こっちはそうじゃない。さあ、行きなさい、プリンセス」

涙があふれてくる。車を走らせながら、ペトラはわびしく考えた。ケインはあの呼び名を愛称としても蔑称としても使っていた。どうしてたったの一言で、こんなに動揺してしまうのだろう？

ペトラが車を自宅のガレージに乗り入れたころには、ケインはすでに玄関の脇《わき》に立っていた。庭先の大きなジャカランダの木の下に、彼のＢＭＷが止めてある。これから私たちは一戦交えるのだ。彼を門前払いにしたところで、なんの得にもならない。それなら、用件とやらを聞いて、さっさと片づけたほうがいい。

ペトラはヒールの音を響かせて玄関に向かった。家は古風な二階建てで、埠頭《ふとう》を一望できるルミュエラ地区にある。埠頭のはるかかなたには、太平洋に突き出た長い半島がぼんやりかすんで見えた。

ケインは無表情で待っていた。私も同じくらい無表情だといいのだけれど、とペトラは願った。

「君の瞳は相変わらず、着ている服によって色が変わるのかい？」ケインは唐突に尋ねて、ペトラを驚かせた。

「そうらしいわ」ペトラは冷静に答えて、玄関の鍵《かぎ》を出した。

ケインはさっと鍵を奪ってドアを開け、ペトラを先に通した。体が自然とこわばる。背後からついてくる彼の存在がわずらわしい。

「実にイギリスの田舎ふうだな」ケインはしげしげと家の中を見回している。「いい具合に古くなっている。いつからここに?」

「二年前よ」

「その前はどこにいた?」

肌は緊張でぴりぴりする。「伯父夫婦と一緒だったわ」

ケインの口もとがぎゅっと結ばれた。「仲がいいことだ」彼は嘲《あざけ》った。「あの過保護な二人からよく独立できたな」

「どうということもなかったわ」それは嘘《うそ》だった。結婚に破れたあと、帰巣本能のある鳩《はと》のように伯父夫婦のもとに戻り、そこで幸せに暮らしていたのだ。壊れかけたこの家を見て、その虜となるまでは。

当時、ペトラは亡くなったばかりの母親から、この家が買える程度の遺産を残された。遺産を慈善事業に寄付するか、それとも、この家を買うか、数週間迷ったあげく、ペトラは母親の遺産をアルコール依存症の研究機関に寄付し、銀行からローンを借りてこの家を買った。修理にかけるお金はほとんどなかったので、一階はそのままにし、二階部分だけ改装した。

もちろん、伯父夫婦はいい顔をしなかった。だが、ペトラの決意の固さに負けて、彼らもしぶしぶながら独立を認めてくれた。

「君もようやく大人になったってわけか」ケインは壁にかかる大きな絵を見て眉をひそめた。たなびく雲を背景に、地平線に立つ一本の木。シンプルだが印象的な絵だ。「いい絵だね」

鑑識眼のあるケインは、そう言ってペトラを驚かせた。もともとその絵を買ったのは、単に気に入ったからだ。人から見れば冷たい空虚な絵かもしれないが、果てしなく広がる空の下、孤高を保つ小さな木の生命力が慰めになった。

「ケイン、用件はなんなの?」ペトラは我慢できなくなって切り出した。自分の家を歩き回るケインを見ていると落ち着かない。

「僕の望みはわかっているだろう」

一瞬、先ほどの期待がよみがえったが、ペトラはすぐにそれを打ち消した。ケインは厳しい表情をしている。彼が私を求めているはずはない。

とまどうペトラに、ケインは愚弄《ぐろう》するように眉を上げた。「君のローレンス伯父さんに工場の運用資金として貸した百万ドルを返してほしい」

ペトラはぽかんと口を開けた。ケインはそんな反応を意地悪く楽しんでいるようだった。

「座ったほうがいい」彼はぶっきらぼうに椅子を勧めた。「その顔から見て、愛するローレンス伯父さんは君に何も話していなかったらしいな」

「私……ええ。聞いてないわ。私はてっきり……」ペトラは乾いた唇をなめ、ふと彼の険しい視線に気づいた。ケインの目にはわざと挑発的な仕草をしていると映ったらしい。

ケインはいらだちを隠そうともしなかった。「だが、彼がその金欲しさにかわいい姪《めい》を売ったことは、君も承知しているはずだ。あのころの君は、伯父さんを助けようと必死だった。育ててくれた人たちに対する君の忠誠心は見上げたものだがね」

「でも、ローレンス伯父さまの話では……」ペトラは小さくつぶやき、かぶりを振った。

「あれはただのつなぎ融資で、すぐに銀行から借りて返済した――伯父さまはそう言っていたわ」

ケインは唇を歪《ゆが》めた。「それは嘘だ。あのときすでに銀行に融資を申し込んで断られたあとだった。僕も断るつもりだったが、君の伯父さんだからと思い直して、金を貸すことにした。その返済期限が迫っている」

ペトラは冷えきった手を汗ばんだ頬にあてた。ふっと気が遠くなる。そのとき、力強い手がペトラを引っ張り、椅子の中に押し込んだ。

「頭を下げて」きびきびした指示が飛ぶ。だが、ペトラは体が震えて動けなかった。すると、ケインがうなじを押さえて、頭を下げさせた。

確かに効果はあった。胸はまだむかついているものの、激しいめまいは治まった。ペトラはぼんやり目を上げた。ケインが棚の中をかき回している。抗議しかけたとき、彼は小さな勝利の声をあげて、デカンタに入っていたブランデーをグラスに注《つ》いだ。

やがて、そのグラスが目の前に差し出された。「飲みなさい」ケインが命令した。ペトラは一口飲んでから、首を横に振った。しかし、彼は容赦しなかった。「最後まで飲むんだ……そうだ。伯父さんたちのしつけの賜物《たまもの》かな？　命令すれば、君はすぐに言うことを聞く」

ペトラは目を見開き、ケインの冷たく澄んだ瞳をとらえた。白く透き通った肌が、不意に真っ赤に染まる。最後の一口というとき、彼女は咳《せ》き込んだ。そして、口もとを拭《ぬぐ》いながら、つらい記憶を頭の隅に追いやった。

「じゃあ、あなたは伯父さまが百万ドルを借りるために私を、その……売ったたっていうの？　しかも、その百万ドルを返していないと？」

ケインは鼻先で笑った。「あくまでもしらを切り通すってわけか。そんな無邪気な顔をしても、だまされないぞ。なぜ僕が君と別れたと思っているんだ？　君が身売りしたと知ったからさ」

「そんなこと、してないわ！　伯父さまの計画のことなんて何も知らなかったのよ。スタンホープ社が経営困難になっていることも……もし、それが本当ならだけど」ペトラは憤然とつけ加えた。

「ああ、本当だとも。現に今だってそうだ。彼の行動は予想どおりだった。僕の金を当座の借金返済に使い、工場の立て直しはあと回しにしたんだ」

ペトラは深く息を吸い込んだ。「もしそうだとしても、私は何も知らなかったわ。嘘をつかなくてもいいのよ。あなたが私と別れた理由はわかっているんだから」

「ほう？」ケインは物柔らかに言った。「どういう理由かな？」

ペトラは目を伏せた。「私に……うんざりしたからよ」私が彼を激しく求めたので、かえって嫌われたと認めるのは、あまりにも屈辱的だ。

「君にうんざりした？　まさか。君が僕と結婚した本当の理由を知るまで、僕は夫婦生活に満足していたんだ」ケインは抑揚のない声で言い、ペトラの全身を値踏みするように眺め下ろした。「強引に結婚まで持っていかれたのは面白くなかったが、君はまだほんの子供だったし、下心などあるわけがないと自分に言い聞かせていた。ばかな話さ。政略結婚した夫婦は数限りなくいるし、実際に会ったこともある。だが、彼らの大半はお互い政略結婚であることを承知のうえで一緒になっているんだ。僕が一番我慢がならないのは、男好きな小娘とその貪欲《どんよく》な伯父にだまされていたってことだ」

軽蔑のまなざしと吐き捨てるような言葉が胸に突き刺さる。「私……私は……あれはそんなのじゃなかったわ」

「ローレンスは僕を毛嫌いしていながら、僕たちを結婚させた。違うかい？」

「でも……」

「それに、彼はほとんど脅迫するようにして僕に君との結婚を迫った。そうだろう？」

「そうよ」ペトラは蚊の鳴くような声で答えた。恥ずかしさでいたたまれない。「それは私も知ってるわ。あなたと別れたあと、伯父さまが認めたから。でも、私、伯父さまに話していないわ……あの日私たちの間に何があったかは。キャス伯母さまが勘づいたのよ」

「へえ？　彼女は超能力でもあるのかい？　とうてい信じられない話だね」

「じゃあ、あなたはあれが計画的だったと思っているのね。私が……伯父さまの借金のためにあなたに抱かれたって？」

ケインは肩をすくめた。「僕に抱かれた？　僕には君が世慣れた女のような手練手管を駆使して僕を誘惑したように思えたね。たぶん君は、自分で思っている以上に母親の影響を受けているんだよ」

「違うわ！」ペトラは愕然《がくぜん》として叫んだ。

ケインは皮肉っぽく眉を上げた。「よくあることだよ、プリンセス。とにかく、君の伯父さんは苦境にあった。そして哀れな愚か者だった僕は、喜んで彼に金を貸してやった。彼がこれまで会った中で一番無能な経営者だと承知のうえでだ。君にとっては大切な伯父さんなんだから、それでいいと思っていた。そして契約が成立したとき、彼はうっかり口を滑らしたんだ。君が片棒を担いでいるってね」

「違うわ……」

ケインは二人の結婚生活が崩壊したあの日と同じだった——冷ややかな怒りをたぎらせ、まるで聞く耳を持たない。その激しい怒りを前にして、ペトラは身をすくめた。

「いい加減にしてくれ！」ケインはうんざりしたようにどなった。「せめて認めたらどうだ、ペトラ。常識的に考えて、君のお偉い伯父さん伯母さんが僕みたいな男を君に近づけるはずはない。彼らが君を大切に育てたのは、〝教養〟と〝血統〟のある男に嫁がせるためだ」

「私はあなたを愛していたのよ」

「あれは愛じゃなかった」ケインはせせら笑った。「ただのセックスだ。君は欲望の虜だった。だから、君の伯父さんは姪にお相手を見繕ってやったのさ。彼も肩の荷を下ろした気分だったろう。適当な夫を与えてやれば、みっともないスキャンダルを起こすこともないからな——君の母親みたいに」

ペトラの肌からすっと血の気が引いていった。こめかみに腕に冷たい汗がにじむ。

「すんだ話はよそう」ケインは平然と続けた。「僕が知りたいのは、君の伯父さんがどうやって借金を返すつもりなのかってことだ」

「知らないわ」ペトラはうつろな気分で答えた。もし伯父さまが私に嘘をついていたとしたら、ケインにだって嘘をつくだろう。でも、なぜ私が片棒を担いだなんて言ったのかしら?

「そうだ、君は知らないんだな」ケインは鼻で笑った。「彼は身内の女性に仕事の話をするような男じゃない、だろう? 君と伯母さんが能天気に金を使っている間に、彼が計画を練って……」

ここまでくると自制心も限界だ。母親のように叫んだり泣き出したりする前に、彼を追い出さなければ。ふらりと立ち上がり、ペトラは低く震える声で言い渡した。「伯父さまはここにはいないわ。太平洋の船旅に出ているから。もう帰ってくれない? 帰って。ここから出てって!」

「ずいぶんとタイミングよく船旅に出たものだな。わかった、これで失礼しよう――今日のところは」ケインの愚弄するような笑みも、最後の一言の衝撃を和らげてはくれなかった。「ついでに言うが、感情的な君のほうがいいね。結婚したころを思い出す。あのころの君には、生命力と情熱が満ちあふれていた。君に余計な野心がなければ、アメリカにも連れていったのに」

「あなたとどこかに行くなんてまっぴらよ!」ペトラはきっぱり言い返した。

ケインはにやりと笑った。「僕がキスでもすれば、君ははだしでどこまでもついてきただろうね」

「出てって！」ペトラの叫びに背を向け、彼は笑いながら退散した。やがて、彼の車が走り去る音が聞こえてきた。

震えが止まらないまま、ペトラは階段を駆け上がった。寝室の中央で立ち止まり、握り締めたこぶしを心臓にあてる。

優雅な寝室は天井に至るまでフランスふうで、曾祖母《そうそぼ》のものだった見事な胡桃《くるみ》材のベッドを、白い寝具が引き立てている。この部屋を彼に見られなかったのがせめてもの救いだ。いくらうわべは冷ややかにふるまっていても、ここに来れば、心の奥にロマンチックな気性が隠れていることがわかってしまう。

ペトラは機械的に服を脱ぎ、その服を隣のドレッシングルームに運んだ。それから、歯を磨き、シャワーを浴び、化粧を落とした。

素顔になると、どうしてこう幼くなってしまうのかしら。ペトラは情けなさそうに鏡をにらんだ。まるで、刺激的で危険な男に恋してしまった女学生のようだ。

刺激的で危険な男というのは、いい夫にはなれないものだ。でも、とペトラは考え直した。興奮しやすくて情熱的な女の子だって賢い妻にはなれない。

いつもの疑問がペトラの脳裏をよぎった。どうしてケインは私と結婚したのかしら？

結論もいつもと同じ——難しすぎてわからない。

苦い屈辱感が口の中に広がる。ケインも、あれほど露骨に言わなくてもいいのに。〝はだしでどこまでもついてきただろうね〟――確かにそうだ。彼は私と母親を重ねて、それでいやけがさしたのだろう。

ペトラは重い足取りで窓辺に向かい、秋の日差しの下でまどろむオークランドの街を眺めた。隣家ではテニスをしているらしく、軽快なボールの音にまじって、コートを走る足音と笑い声が聞こえてくる。いつもなら興味をそそられるところだが、今日は頭がいっぱいで、窓枠を握る指の関節の白さ以外何も目に入らなかった。

なんとかしなければ。まずは伯父さまに連絡を取ることだわ。とにかく話をしないことには、伯父さまがどうやって借金を返すつもりかもわからない。きっと、何か対策を考えているはずよね？

ペトラは意を決して部屋を横切り、電話の受話器を手に取った。五分後には、伯父と話していた。

それとなく話題をそちらに向ける方法などない。挨拶をすませると、ペトラは単刀直入に切り出した。「ローレンス伯父さま、ケインが戻ってきたの。お金を返してほしいと言ってるわ」

短い沈黙ののち、伯父は語気荒く言った。「金？　金ってなんの金だ？」

ペトラの希望は跡形もなく消え去った。「伯父さまが彼から借りたお金よ。百万ドル借りたこと、覚えてらっしゃるでしょう?」

ペトラは待った。耳の中が激しく脈打っている。伯父は大声でがなり立てた。「なんの話か、さっぱりわからんな」

「ローレンス伯父さま、お願いよ。私、知っているのよ」

再び短い沈黙が訪れ、やがて彼は重々しく言った。「おまえは私よりやつの話を信じるのか?」

答えづらい質問だったが、ペトラは涙でうるむ目をしばたたかせながらささやいた。

「そうかもしれないわ。ねえ、伯父さま、どうなさるおつもり?」

「おまえは心配しなくとも……」

「ローレンス伯父さま」ペトラは声をあげた。「心配せずにはいられないわ。もし私がケインと結婚しなければ、彼が伯父さまにお金を貸すこともなかったんですもの。だから、私にも責任があるのよ」

「ばかなことを言うもんじゃない」ローレンスは言い返した。「フレミングが私に金を貸したのは、先々すべて……スタンホープ社や何やかやが自分のものになると考えたからだ」

ペトラは唇をかんだ。「でも、事情が変わったんだし」

「おまえとやつの結婚生活が続いていれば、問題はなかったんだ。だが、おまえたちが離婚したせいで、こういう結果になってしまった」

伯父の非難がましい口調を聞いて、ペトラは改めて伯父がすべてを仕組んだことを納得した。

「心配するな」ローレンスは有無を言わさぬ口調で続けた。「あの男のことは私に任せておきなさい」

漠然とした不安が胸をよぎり、ペトラは抑揚のない声で尋ねた。「お金を返すあてはあるの？」

「おまえには関係のないことだ」

「お願い、どうしても知りたいの」

伯父はそっけなかった。「今は話せない。伯母さんが戻ってきたからな。フレミングのことは忘れろ。気にするんじゃない」

そして、電話が切れた。ペトラはしばらくの間、茫然と受話器を見つめていた。やがて受話器を戻すと、重い足取りで階下のキッチンに向かった。そして紅茶をいれ、ぐったりと椅子に座り込んだ。カーニバルの会場を抜け出す口実に使った頭痛が今や本格的になり、耳の後ろがずきずきと痛む。

強い鎮痛剤を紅茶とともにのみ下したペトラは、ぼんやりと窓の外を見やった。むくどりもどきが元気よく木の幹をつついている。忍び寄る宵闇《よいやみ》の中に、開きかけた白いアカシ

ア の花が浮かび上がる。

車の騒音はとっくに聞こえなくなっていた。いつしか泣いていたことに気づき、ペトラはびっくりした。頭痛と今日一日のショックのせいだ。自己憐愍《れんびん》の涙だと認めたくはなかった。

これからどうしよう？　伯父さまに借金を返すあてがあるとは思えない。ペトラは古ぼけた居間を見回し、この家がいくらで売れるかを考えた。たいした額にはならないだろう。でも、この週末が明けたらすぐに売りに出さなければ。父から残された信託基金もケインに譲り渡す。私は若くて健康なんだもの。働いて彼に返していかなくては。

ペトラは顔を洗い、階下の戸締まりを確認してからベッドに入った。土曜の夜。楽しい週末を迎えて、世間の人たちがはしゃいでいる時間だ。

ようやく眠りについてから一時間もしないうちに、ペトラは電話で起こされた。しかし、受話器の向こうは押し黙ったままで、息づかいしか聞こえてこない。恐怖に胸を締めつけられ、彼女は何も言わずに電話を切った。

受話器を置いたとたん、再び電話のベルが鳴った。ペトラは出なかった。ベルは四回鳴ってからやんだが、結局明け方近くまで眠ることができなかった。

6

しつこい電話のベルでペトラは目を覚ました。一瞬おびえたものの、自分に言い聞かせた。たとえ無言電話だろうと、危険にさらされるわけじゃないわ。ああいう電話をかけてくる男は、普通のコミュニケーションができない不幸な人なのよ。それでも、受話器を取る手はかすかに震えていた。

「はい」ペトラはかすれた声で答えた。

「私、トレーシー・ポーターよ。こんな朝からごめんなさい」

押し寄せる安堵《あんど》感。ほっと枕《まくら》にもたれたペトラに、トレーシーは続けた。

「今夜うちでバーベキューをやるの。気軽な集まりなんだけど、あなたとデイヴィッドにも来ていただきたくて」

「そうね……」本当は考えるまでもなかった。とても出かける気にはなれないからだ。だが、ペトラが断る口実を思いつくより先に、トレーシーが割り込んだ。

「ほかに予定もおありでしょうけど、これは児童基金のためになることなの。キャシー・

フェラースが来るのよ。旧姓キャシー・デュラント。あなた、彼女をご存じでしょう？」

「ええ。一応は顔見知りだけど」確かに同じ学校に通っていたが、とくに親しい間柄ではなかった。キャシーは豪商を祖父に持ち、譲り受けた遺産を信託して、さまざまな慈善事業にかなりの寄付をしていた。

トレーシーはよどみなく続けた。「これは彼女と話すいい機会だと思うの。未熟な親たちを助けるっていうあなたの財団の構想を持ちかけてみたらどうかしら。私たちも、これまでずいぶん彼女に話を聞いてもらおうとしてきたんだけど。でも、あなたなら、まんざら知らない仲じゃないし」

ペトラは観念した。「ええ、わかったわ。ただデイヴィッドは今、旅行中なの。それで、何時にうかがえばいいの？」

トレーシーの声にはかすかな期待と失望が入りまじっていた。「そうねえ、四時か五時ってところかしら。ありがとう、ペトラ。このパーティのせいで日曜の夜のお楽しみを邪魔しなきゃいいけど」

ペトラはどっちつかずの曖昧《あいまい》な返事をして受話器を置いた。トレーシーに対する嫌悪感を再確認した気分だ。でも、だからといって、バーベキューの誘いを断るわけにはいかない。キャシー・フェラースを説得できれば、基金の助けになるのだから。

その午前中、ペトラはささやかな庭の手入れをして過ごした。さざんかやシクラメンのつぼみを眺めているうちに、胸の中のわだかまりは薄れていく。電話も鳴らず、緊張は徐々にほぐれていった。

旧友と昼下がりのテニスを楽しんだあと、ペトラはしぶしぶバーベキューに出かける支度を始めた。しかめっ面で緑色のシフォンのスカートとシャツを身に着け、濃い緑色のサンダルを履き、髪は後ろにまとめた。

気軽な集まりという話なので、化粧は抑えた。普段なら、バーベキューというとパンツスタイルだが、トレーシーの〝気軽〟はあてにならない。あまりカジュアルにならないよう心がけた。

案の定、出迎えたトレーシーはサリーできらびやかに着飾っていた。大きな金のイヤリングを垂らし、金色のサンダルも異国ふうだ。

彼女の横に並ぶと、ペトラは自分がひどく地味な気がした。気軽だなんてよく言うわ！内心むっとしながら、ペトラは女主人に案内されてジャングルを模した広いテラスに向かった。そこには百人以上の客が集まっていた。

知った顔が多く、大半は二人連れだ。一人きりの孤独感を無視して、ペトラは口をつけないグラスを手に愛想よく会話に加わった。

キャシー・フェラースの姿は見あたらない。無駄足だったかと考え始めたとき、ふとテラスの向こうの人物に目がとまった。傲慢《ごうまん》そうな顔の上げ方、黒い髪。一瞬、視界がかすんだ。間違いない。ケインだ。しかも、彼には連れがいた。ロマめいた魅力を漂わせる身長百八十センチ近くの大柄な美人。赤毛を逆立てて、際立った頬骨と魅力的な厚めの唇をしている。シモーンという今一番人気のあるモデルだ。

取り澄ました表情とは裏腹に、ペトラの胸の中で嫉妬《しっと》の炎が燃え上がった。思わず一歩踏み出したとき、はっと我に返った。こんなことは許されない。ペトラは視線を落とし、グラスをきつく握る自分の手を見つめた。

初めて経験する感情だった。ペトラは震える手でグラスを一気に傾けた。アルコールの刺激にむせ、青白い肌にぽっと赤みがさす。

それでも、ケインから目が離せなかった。笑いながらなまめかしく寄りかかる連れの女性に、ケインはにっこりほほえみかけている。あのほほえみには見覚えがある。官能的な甘いほほえみ。胸が激しく高鳴った。

「ああ、神様」ペトラは口の中でつぶやいた。「私は大ばかだわ!」

ケインに対して抱いていた愛情は、彼のひどい仕打ちにあって消えてしまったかもしれない。けれども、いくら否定しても、いまだに肉体的に彼に惹《ひ》かれていることは事実だった。

連れのモデルが再び笑い声をあげ、豊かな赤毛を振りながら、ほっそりした指をケインの唇にあてた。いかにも親しげな様子だった。

ペトラはひるみ、くるりと背を向けた。これ以上見ていられない。口実を見つけて家に帰ることも考えたが、理性がそれを押しとどめた。ペトラはあまり面識のない人々にまじり、できるだけ楽しんでいるふりを装った。しかし、神経は今にも音をたてて切れそうなほど張りつめていた。

もうそろそろ抜け出してもおかしくないかもしれない。ようやくペトラがそう判断したとき、キャシー・フェラースが夫とともに到着した。ありがたい、やっと現れたわ！

五分後、トレーシーに背後から声をかけられたころには、心の準備は整っていた。

「もちろん、ペトラのことはご紹介するまでもありませんわね……」トレーシーは甘ったるい口調で言った。「ねえ、ペトラ……」

どうか、この出会いが見え透いたものだと思われませんように。

社交的な笑顔を作り、ペトラはさっと振り返った。

しかし、女主人が連れていたカップルはフェラース夫妻ではなかった。その代わり、ケインが冷ややかにペトラを見下ろしていた。その澄んだ瞳には、なんの感情も表れていない。

ペトラの笑顔がかすかに揺らいだ。「ハロー、ケイン」落ち着いた声が出た。「お元気？」

「ああ。君は？」

愛想のいい笑みを浮かべているものの、その実ケインが何を考えているかはわからなかった。だが、それは昔と同じことだ。この精悍《せいかん》な顔の裏の怜悧《れいり》な頭脳の中までは、誰にもわかりはしない。

連れの美人モデルは退屈しきった様子だったが、それでも、ペトラに挨拶《あいさつ》されると、にっこりしておざなりな挨拶を返した。

「ケインと夫は今、仕事上の話し合いをしているのよ」トレーシーが誰に言うともなく言った。その間も、彼女の視線はペトラとケインの間をひっきりなしに往復している。「だから、うちのささやかなバーベキューにご招待したわけ。ほんと、よく来てくださったわ、ケイン。ご帰国中、いろいろとお忙しいでしょうに。こちらにはいつまで？」

ケインはほんの少し目を細めた。「それはペトラ次第ですね」ペトラを見すえながら彼は答えた。

ペトラはこのときほど今まで鍛え上げてきた冷静さに感謝したことはなかった。全身の力を振り絞って、小さな笑みを浮かべた――よそよそしく、しかも嘲《あざけ》りを漂わせた笑みを。

「いやだわ」ペトラは甘い声で答えた。「冗談はやめて、ケイン」

モデルのシモーンが興味をむきだしにして尋ねた。「あなたたち、知り合いなの？」

「ああ、ペトラは別れた妻なんだ」ケインは視線をペトラにすえたまま、気軽な口調で説明した。

シモーンはプロの目でペトラの全身を観察し、陽気に言った。「ふうん、あなたって前から女性の趣味がよかったのね」

嫉妬にさいなまれながらもペトラは考えた。別の状況で出会っていたら、このモデルにも好感を持てたかもしれないわ。

「ああ」ケインは穏やかに相づちを打った。「もっとも、結婚していた当時のペトラは、これほど優雅じゃなかったがね。すっかり洗練されたよ」僕は気に入らないがね、とほのめかしている。

ペトラは小さく笑った。「若いうちは身なりに構わなくても許されるもの。でも、二十五を過ぎるとそうはいかないわ」

ケインはペトラの姿を眺め回してから、トレーシーのぼうっとした顔に向き直った。トレーシーは女主人としての務めも忘れて、この場の成り行きを見守っている。だが、ケインにすごみのある笑顔を向けられ、トレーシーははっとあとずさった。

「ご招待ありがとう、ミセス・ポーター」ケインは声に軽蔑《けいべつ》をにじませ、ぞんざいに言った。「シモーンと僕はそろそろ失礼しますよ」彼の視線がペトラのほうに流れた。「よかったら送ろうか?」

「けっこうよ」ペトラはトレーシーが抗議の言葉をつぶやくのを抑えて言った。「私も車で来たから」

「わかった。じゃあ、車まで送ろう」ケインはシモーンを見下ろした。「いいね？」

ペトラをちらっと見てから、シモーンはケインに目を戻した。彼女の緑色の瞳には、面白がるような光があった。「いいわ」

トレーシーがうろたえぎみに口を挟んだ。「でも、キャシー・フェラースが……」

「彼女にはあとで電話するわ」ペトラは笑顔で請け合ったが、目が笑っていないのは自分でもわかった。「おやすみなさい、トレーシー」

三人は連れだって外へ出た。ケインは車に乗り込むペトラにそっけなく挨拶し、車を見送ると、シモーンを伴って自分の車に向かった。

ペトラはバックミラーでちらりと二人の姿を確認した。確かにケインには、私よりあのモデルのほうがお似合いだわ。ケインの腕に抱かれた思い出が次々とよみがえり、あやうくほかの車にぶつかりそうになった。彼は狩人《かりゅうど》のような忍耐力と繊細さと、豹《ひょう》のようにひそやかな官能と情熱を併せ持つ。あの魅力的なシモーンはこれからそれを体験するのだろうか？

その夜ペトラは、ベッドに入る前に留守番電話をセットした。あの無言電話がかかってきた場合に備えてのことだ。思ったとおり、明かりを消して十五分とたたないうちに、電話のベルが鳴り出した。心臓の鼓動が速くなる。唇をかみ締め、まんじりともせずに、ペトラはベルが鳴りやむまで待った。留守番電話の嫌いな友人が電話してきただけかもしれない。そう自分に言い聞かせても、胸騒ぎは収まらなかった。結局、その晩電話はその一回きりで終わった。

それ以降、無言電話はかかってこなかったが、翌日、翌々日と寝つかれない夜が続いた。それでもイースター休暇が明けると、不動産業者に電話をかけ、その夜、仕事のあとで会う約束を取りつけた。次に父親が残した資産を管理している弁護士に電話して、いくつか質問した。

「そうです」ペトラの話を聞き終わると、弁護士は言った。「おっしゃるとおり、信託基金の解約は可能です。でも、なぜ解約なさりたいのですか?」

「お金が必要なんです」ペトラは冷静に答えた。

弁護士はためらった。「それを担保に借りることもできますが」

「いいえ」

「本気ですか? 一度こちらにいらして……」

「いいんです」ペトラはきっぱりさえぎった。「もう決めたことですから」

弁護士はなんとかして思いとどまらせようとしたが、ついにはペトラの揺るぎない決意に根負けした。「わかりました」彼はあきらめ声で言った。「ただし、少々時間がかかりますよ」

「どのくらいですか？」

「一カ月は見ていただかないと」

それで満足するしかなさそうだ。電話を終えると、ペトラはいくつかの数字をメモに取り、スケジュール表を引っ張り出した。今週は仕事の打ち合わせがかなり入っているし、土曜日には児童基金の催しが博物館で開かれることになっている。当日は、博物館の広いホールを一日がかりで飾りつけなければならない。そのころまでには、デイヴィッドも帰ってくるだろう。ペトラはため息をついた。もしデイヴィッドが単なる友達ではなく恋人だったら、こんなにつらい思いをせずにすむのに。

しかし、三十代半ばになるデイヴィッド・ケアリーには、結婚願望がなかった。数年前、彼は子供でも欲しくならない限り独身生活をあきらめる気はないと打ち明けていたし、今では、子供よりも個人の生活のほうが大事だと認めていた。

「そういうものさ」デイヴィッドはそう言った。「僕は君みたいに愛情を抱ける女性にはあまり欲望を感じないし、欲望の対象となる女性には愛情を持てないんだ」

「あなたはおいしいところだけつまみ食いしたいのよ」ペトラは笑いながら非難した。

デイヴィッドは優雅に肩をすくめた。「痛いところをつかれたな」

デイヴィッドは愉快で機知に富み、引き際を心得ていた。二人はよく一緒に外出したので、恋人同士だという噂《うわさ》も立った。ペトラは気にしなかった。彼のことが大好きだったし、今のままの関係がお互いに気楽だったからだ。

デイヴィッドはまた経済通でもあった。その日の午後、彼から電話がかかってきたとき、ペトラは話が一段落するのを待って尋ねた。「デイヴィッド、スタンホープ社の経営状態はどうなっているの？」

彼の沈黙は何よりも雄弁な返答だった。

「どうしてそんなことをきくんだい？」デイヴィッドはようやく口を開いた。

「どうしても知りたいのよ」ペトラは弱々しく訴えた。

デイヴィッドはため息をついた。「あまりよくないみたいだな。君の伯父さんもかなりの年だし。それに、はっきり言ってしまえば、彼は先代とは違う。彼はごく普通の実業家だ。それで事足りた時期もあったが、今はそうじゃないからね。本当なら彼は八年くらい前に破産してもおかしくなかったんだ」

八年くらい前？　ペトラは血がにじむほど強く唇をかんだ。「それで今は？」

「スタンホープ社が生き残るためには、徹底的な刷新が必要だ。デザイナーも重役陣も管理職もすべて入れ替えるべきだろうね」

「わかったわ」ペトラは力なく言った。「ありがとう」

「どうして彼は君にあとを譲らないのかな。このままでは、どうしようもないのに」

ペトラは短く笑った。「泣けてくるようなお世辞ね！　私にできるかどうか自信はないわ――専門外の分野ですもの。それに、何を言っても机上の空論よ。ローレンス伯父さまは、女に経営なんかできるかって人だもの。とにかく、ありがとう」

「今夜、一緒に食事しようよ」

ペトラは少しためらった。「私、あまり愉快な食事相手じゃないかもよ」

「今さら何を水くさいことを言ってるんだ」デイヴィッドがたしなめた。「七時に迎えに行くよ。うんと着飾って待ってて」

その後やってきた不動産業者は、ペトラの小さな家を抜け目なく点検したあと、きびきびと言った。「これは開発業者向きの物件ですわね。土地は申し分ないけれど、どうにも家が古くて。でも、今は地価が高騰していますから、かなりの値段で売れるはずですよ」

彼女が提示した値段に、ペトラはがっくり肩を落とした。ローンの返済分を差し引けば、ケインに払うお金などたいして残らない。

どうやら彼女はペトラの反応を誤解したらしい。「ルミュエラ地区に家を買うような人は、こういうコテージふうの家には住みたがらないものなんです」

「そうですね」ペトラは小声で言った。「わかりました。広告を出してください」

申し込み用紙に記入をすませ、不動産業者を見送ったペトラは、込み上げる涙を抑えながら庭を歩いた。今は感情に溺《おぼ》れているときじゃない。冷静にならなくちゃ。なんとしてでもケインに返済しなきゃならないんですもの。

とても着飾って出かける気分ではなかった。けれど家にじっとして、平和な生活が崩壊するのを待っているのは考えるだけでも耐えられない。それに、何よりデイヴィッドといると、とても安心できるし。

迎えに来たデイヴィッドは、ペトラの格好をしっかりチェックし、ハンサムな顔をわずかにほころばして頬にキスした。「ばっちりめかし込んだね、ペトラ。それでいいんだよ」

すると、彼はケインが戻ってきたことを知っているんだわ。ペトラはほほえんだが、何も言わなかった。こちらがその話題を持ち出さない限り、彼が口を出さないことはわかっている。二人は互いのプライバシーを尊重していた。

「ええ」ペトラは言葉少なに答えた。

二人は静かな高級レストランで食事をした。デイヴィッドはシドニー旅行のみやげ話を聞かせ、ペトラはイースターのカーニバルでの出来事を話し、努めてさりげなくケインの名前を口にした。ワインを少しだけ飲み、皿の料理をつつき回す。

「話があるんだろう?」デイヴィッドは優しく尋ねた。

ペトラはなんとかほほえみを浮かべた。「話すべきことがあるかどうか、わからないわ。急いで大金を作る方法でもあれば、教えてほしいけど」

「いくらぐらい?」

ペトラが答えると、デイヴィッドは低く口笛を吹いた。

「無理だろうな」彼は静かに言った。

「景気が上向いているとはいえ、金を作るのはそう簡単じゃない。君に担保でもあれば……」

ペトラは首を横に振った。「融資を受けたところで、元金はおろか利子さえ払えない状態なのよ」

「どうやら、今度の件はケイン・フレミングの突然の帰国と関係ありそうだね」デイヴィッドはペトラが急に身を固くしたのに気づいた。「それに、八年前、スタンホープ社が倒産を免れたことも」

ペトラは彼の聡明《そうめい》なまなざしを受けとめ、押し殺した声で認めた。「そうよ」

「くそっ！　僕になんとかできれば……」

「まあ、デイヴィッド」ペトラは瞳をうるませて、彼の手を握った。するとデイヴィッドは両手で温かく彼女の手を包み込んだ。「本当にいい人ね」

そのとき、店内のどこかから低いざわめきが起こった。顔を上げたペトラは、ケインの突き刺すような視線とぶつかった。ウェイターが彼とシモーンをテーブルに案内している。ペトラは息をのんだ。ケインの目は、ペトラの青ざめた顔からデイヴィッドに包まれた手へと素早く移動した。

ペトラは毅然《きぜん》としてあごを上げ、冷ややかにケインの険しい顔を見返した。普通の男性なら、これで退散してしまうだろう。ところが、ケインはシモーンに何か言ってから、こちらのほうに向かってくる。ペトラはデイヴィッドに預けた手を引っ込めたい衝動と闘った。

「何者だい、あれは?」デイヴィッドが早口で尋ねたが、ペトラが答えるより先に、ケインが辛辣《しんらつ》な口調で言った。

「こんばんは、ペトラ」

「ハロー、ケイン」おぼつかない声に、我ながら腹が立つ。ほほえむゆとりもない。

ケインはテーブルの前で足を止め、二人を尊大に見下ろした。「そちらのご友人はどなたかな?」

「デイヴィッド・ケアリーよ」ペトラは言った。自然と言い訳がましい口調になるのがいやだった。「デイヴィッド、ケイン・フレミングとは初対面かしら?」

デイヴィッドは落ち着いてペトラの手を放し、椅子から立ち上がった。ケインほど長身ではなく、独善的なカリスマ性もないが、彼は少しもけおされていなかった。二人の男性は握手を交わしながら、相手の力量を計り合っている。

「話がしたいんだ」ケインはぷいと顔をそむけ、ペトラのほうに向き直った。

「いいわ。いつ?」

「できるだけ早く」ケインの目は今もペトラを見すえたままだ。

「電話をちょうだい」ペトラは静かに言った。どういう用件か見当もつかないが、男性と一緒にいるときに別の男性と約束を取り決めるのは避けたかった。

「そうするよ」ケインは敵意をむきだしにして、デイヴィッドにそっけなく会釈してから、大股で立ち去った。

「はあっ！」デイヴィッドが感に堪えないといった声をあげて座った。

「ごめんなさい」ペトラは途方に暮れていた。「どうして彼がわざわざやってきたのか、私にはさっぱりわからないわ」視線は連れのモデルのほうへ漂う。シモーンは一人にされたのを怒った様子もなく、ケインに笑いかけている。

「僕にはわかるよ」デイヴィッドはにやっと笑った。「噂を聞きつけて、僕がどんな男か見に来たんだ」

「まさか。ケインがそんなことをするはずないわ」

「どうしてそう言い切れるんだ？」

ペトラはじれったそうに言葉を探した。「だって、必要ないもの。つまり、彼は……」

「彼、なかなか好戦的な男だな」

「好戦的になる理由がないわ。私たちは離婚したんですもの」

「どっちが離婚を申し立てたんだ？」

ペトラはそわそわした。「私のほうよ。だけど……」ペトラはいったん言葉を切り、唇をきつく結んだ。「別れようと言い出したのは彼のほうだわ」

デイヴィッドのまなざしには同情がこもっていた。「それだけの理由があったのかい？」

それは触れられたくない部分だった。ペトラはデイヴィッドに裏切られたような気がした。「彼は……そう考えていたわ」

あれはそれだけの理由だったのかしら？　確かにケインが裏切られたと思ったのも無理はない。私が伯父さまのために、故意に彼を誘惑して結婚を迫ったと考えているんですもの。でも、もしケインが本当に私を愛していたのなら、私の言い分にも耳を貸してくれたはずだわ。でも、ケインは聞く耳を持たなかった。娼婦《しょうふ》呼ばわりしたあげくに私を捨てたのよ。

つまり、彼は私を愛していなかった。あの借金の一件は、離婚するための本当の理由を隠す、単なる口実にすぎない。本当は私の奔放な愛情表現にいやけがさしたのだから。

「君のほうは、彼にそれだけの理由があったと思っているのかい？」デイヴィッドが探りを入れた。

ペトラは目をそらし、ワインを一口すすった。冷たい液体が乾いた喉を滑り落ちていく。

「いいえ」彼女は静かに答えた。「確かに私たちは若すぎたし、私は子供だったわ。でも、もし彼が私を愛していたのなら、私にもう一度チャンスをくれたはずよ。彼は私の話を聞こうともしなかった」

デイヴィッドも同じくらい静かな口調で言った。「愛情が強すぎて寛大になれない場合

「それは本当の愛情じゃないわ」ペトラは辛辣に言い返した。「ただの独占欲よ。もうこの話はよしましょう、デイヴィッド」

「わかった。でも、フレミングは話し合いを望んでいるようだ。よく話し合えば、いろいろとはっきりするんじゃないかな」

ペトラはこわばった笑みを浮かべた。「あら、彼が話し合いたいのは個人的なことじゃないわ。あくまでビジネスの話よ」

それからまもなく、二人はレストランをあとにした。去り際、ペトラはケインとその連れに愛想よくほほえみかけた。そして、ケインの焼けつくような視線を背中に受けて、肌寒い夜気の中へ出た。

無言電話の恐怖に夜ごとさいなまれていたので、ペトラは送ってくれたデイヴィッドにコーヒーを飲んでいくように勧めた。留守番電話には赤いライトがついていなかった。ペトラは安堵の息をついた。

背後からデイヴィッドが尋ねた。「テレビをつけてもいいかな？　見たいインタビュー番組があるんだ。今、うちのプレーヤーが故障しちゃっててね」

「もちろん、構わないわ」

やがて居間にトレイを運んできたペトラを出迎えたのは、余裕しゃくしゃくでインタビユアーを手玉に取るケインの姿だった。

「これ、録画放送なんだね」そう言いながら、デイヴィッドはテレビを消した。

「あなた、見たかったんじゃないの？」

「いや。君の別れた夫の顔なら、もうじっくり拝ませてもらったからね。やあ、おいしそうなコーヒーだな」

コーヒーはおいしかったが、会話はどうしてもとぎれがちだった。ペトラはシモーンにほほえみかけるケインの顔と、デイヴィッドに対する彼の好戦的な態度を頭から払いのけることができなかった。

カップを置こうとしたちょうどそのとき、電話のベルが鳴り出した。ペトラは一瞬、凍りついたように電話機を凝視した。胃がきゅっと締めつけられる。そしておそるおそる受話器を取り上げた。

「はい？」返事はなく、息づかいだけが聞こえてくる。ペトラは青ざめた顔でデイヴィッドを見やった。「どちらさまですか？」

「どうしたんだ？」間髪を入れずにデイヴィッドの声が飛んできた。

電話線の向こうで、はっと息をのむ音に続いて、乱暴に電話を切る音がした。受話器を置く手が震える。

「無言電話よ」ペトラはできるだけ冷静な口調で言った。「あなたの声を聞いたとたん、切ってしまったわ」

デイヴィッドは低く悪態をついた。「今回が初めてなのかい？」

「いいえ。ここ二日はかけてこなかったから、もう終わりかと思っていたんだけど」

新たな電話のベルに、ペトラはぎくっと身震いし、心臓の辺りを手で押さえる。

「出るんじゃない」デイヴィッドはきっぱりと命じた。「今夜は僕のうちにおいで。明日になったら、電話会社に連絡して何か手を打ってもらうんだ」

電話のベルはしつこく鳴り続けている。ペトラは真っ青な顔で電話機を見つめた。デイヴィッドがまた悪態をついた。鳴りやまないベルにしびれを切らした彼は、受話器をつかんでどなった。「彼女は電話には出ないよ」いったん電話を切ってから、これ以上かかってこないように受話器を外すと、彼はきっぱりと命令した。「さあ、歯ブラシと着替えを持っておいで。僕のうちに行くんだ」

動揺していたペトラは、言われるまま着替えを用意した。デイヴィッドのフラットに向かう間も、震えが止まらなかった。彼に腕を取られて舗道を歩いていたとき、急に車のエンジン音が起こり、続いてタイヤがきしる音が響いた。ペトラははっと息をのみ、反射的に彼に身をすり寄せた。

「大丈夫だよ」デイヴィッドはドアを開けながら、ペトラの額にキスした。「どこかの若いちんぴらが格好つけているだけさ」

うなじの辺りがぴりぴりする。ばかみたい。おびえてどうするの。ペトラは自分にそう言い聞かせた。デイヴィッドのフラットの客室に落ち着くころ、改めて自分の聖域が侵されたという苦い思いが込み上げてきた。だからどうだっていうの。いずれあの家は私のものじゃなくなるのよ。喉が詰まり、ペトラは枕に顔を埋《うず》めた。涙が止まらなかった。

翌朝は雨だった。デイヴィッドの車で自宅に戻る間も、雲行きはさらに怪しくなっていく。

電話には近づくまい、とペトラは決心していた。だが、家の中に入ったとたん、視線は電話機に飛んだ。ベルは鳴っていなかったが、留守番電話の赤いライトが点滅している。

「昨日、君が着替えを用意する間にセットしておいたんだ」デイヴィッドが先回りして答えた。「僕が内容をチェックしよう。君は二階に行っておいで」

「いいの、一緒に聞くわ」彼の気づかいに感謝しつつ、ペトラは留守番電話のボタンを押した。

電話は五回かかっていたが、メッセージは残されていなかった。ペトラは唇をかみ、吐き気をこらえた。

「今すぐ電話会社に連絡しよう」デイヴィッドの声には怒りと軽蔑がはっきり表れていた。

ペトラは首を横に振った。「仕事に遅れてしまうもの。でも、オフィスから連絡するわ、必ず」

「そうだな」デイヴィッドはしばらく迷っていたが、やがて唐突に切り出した。「あと一週間くらい、うちに泊まったら？」

そうできれば、どんなにか楽だろう。頼りになる男性の庇護《ひご》を受け、すべて委《ゆだ》ねてしまうのだ。ペトラの気持は動いた。でも、不動産業者が買い手を連れてくるかもしれないし、いたずら電話で鬱憤《うっぷん》を晴らすようなくだらない手合いのせいで、自分の家を逃げ出すのはあまりに情けない。

「私なら大丈夫。本当よ」

デイヴィッドは納得しなかったが、最後はあきらめて帰っていった。ただし、また無言電話があればすぐに知らせるように約束させた。

自分の家にいながらびくびくするのはつらい。ペトラは必死に恐怖を静め、時間どおりに出勤した。せめてもの救いは、ケインが話し合いを求める理由に気をもむ暇がなかったことだ。

しかし、ケインが昼前に電話してきたとき、ペトラは緊張でろくに口もきけない状態だった。彼の声はよそよそしくて、何もうかがい知ることはできない。早くけりをつけたい一心で、ペトラはその日の昼食を一緒にすることに同意した。

ケインはすでにレストランで待っていた。ビジネススーツを着ていても、彼の存在は周囲から際立って見える。店内に目を配りつつ、ペトラは毅然とした表情で席に着いた。

「疲れているみたいだな」ケインは暗くかげった瞳で彼女を見すえた。

ペトラは肩をすくめた。メニューを運んできたウェイターが、本日のスペシャル料理について説明した。ウェイターが去ると、ペトラはメニューを開き、見るともなく眺めた。

「ケアリーと夜更かししたのか?」ケインは厳しい口調で問いただした。

「いいえ」ペトラは穏やかに答え、メニューを閉じた。「私は魚料理とサラダをいただくわ」

ケインが店の奥を見やると、ウェイターが小走りに近づいてきた。「ステーキに魚料理、それとサラダを二つ」彼はぞんざいに注文した。

「ご一緒にワインはいかがですか?」ワイン係が二人のテーブルの脇《わき》に現れて尋ねた。

ケインの視線を受けて、ペトラは首を横に振った。彼はペトラにミネラルウォーターを、自分にビールを頼んだ。運ばれてきたグラスにペトラは早速口をつけた。冷たい水が乾いた喉に心地よい。

「ケアリーは君の恋人なのか?」ケインがぶっきらぼうに尋ねた。

ペトラは顔を上げた。「答える必要はないわ」

ケインは肩をすくめた。「ところがあるんだな」

「どういうこと?」

ケインは椅子にもたれ、じっとペトラを見つめた。「実は」彼は冷淡に言った。「僕は伯父さんの借金を返す方法を知っている」

ペトラの全身を悪寒が走る。「方法って?」

「君が僕と再婚すればいいのさ」

7

ペトラの顔からすっと血の気が引いていった。きっとこれは趣味の悪いジョークだわ。目を見開いてケインの精悍《せいかん》な顔を探った。

ケインは冷ややかに見返すばかりだった。本気で言っていることは間違いない。一瞬、胸にわき上がった期待を、ペトラはあわてて否定した。これまで何度期待を裏切られたことか。

「シモーンのことは?」ペトラは出し抜けに尋ねた。

ケインは険しい目つきになったが、口調はあくまで穏やかだった。「彼女がどうかしたのか?」

「彼女はどう思うかしら、この……プロポーズのことを」

「彼女が僕の恋人かどうか知りたいのか?　彼女とは二カ月前にサンフランシスコで知り合って、意気投合したんだ。こっちに戻ってきてから、連絡して二度ほど一緒に出かけた。それだけだ。だが、彼女がぼくの恋人だったとしても、君には関係ない。結婚したら浮気をするつもりはないからね」

ケインの声は平静そのものだが、ペトラは顔を赤くした。そしてきっぱりと断言した。

「あなたと再婚する気はないわ」

「ほう。だが、今回はこざかしい裏工作もなしですむんだぞ」ケインは冷たく言った。「目的だってはっきりしている――君の伯父さんを救うためだ。僕もそれ以上を君に期待しない。だから、幻滅することもない……」

「ケイン」ペトラは震えながらさえぎった。「もうやめて」

「やめるって何を？」

「そんな残酷な言い方をするのはやめてほしいの。私、あなたとは結婚できない。家は売りに出したし、信託基金も解約の手続きを取ってます。もちろん、それだけじゃ……」

「いったいなんの話をしてるんだ？」ケインの目つきが鋭くなった。

「あとはローレンス伯父さまの家を売れば……」

「彼の家はすでに抵当に入っている」ケインは低い声でさえぎった。

ペトラははっと視線を上げた。気づかないうちにすがるような表情になっている。「私にはこれで精いっぱいなの。充分じゃないことはわかっているわ。でも……」

二人の深刻な雰囲気を感じ取ったのか、料理を運んできたウェイターは、素早く用をすませて姿を消した。感心するほどの機敏さだったが、今のペトラにはそれに気づく余裕もなかった。

「うっかりしていたな。君が自分の全財産をなげうってでも、彼らを助ける性分なのを忘れていた」ケインは語気荒く言った。

ペトラは言葉もなく、目の前の皿に視線を落とした。

「ただし」ケインは彼女を見すえて続けた。「君がそれほど再婚をいやがるなら、もう一つ選択肢がある」彼の口もとに皮肉な冷笑が浮かんだ。「その体で借金を払えばいいんだ。僕が君に飽きて、もういいと言うまで」

ペトラの白い肌にかっと血の気が上り、やがて引き潮のように引いていった。それと同時にこの八年間培ってきたはずの自信と自尊心も消えた。

これまでずっと、ケインにどう見られているかを考えてきた――でも、これで考える必要はなくなった。別れたときにそう呼ばれたように、彼は私を娼婦《しょうふ》だと思っている。欲得ずくで彼を愛し、お金のために結婚した女だと。

むなしさと闘いながら、ペトラは血の気の引いた唇で言った。「あまりありがたい提案とは言えないわね。答えはノーよ」

「花も実も欲しいというのか?」ケインの精悍な顔に皮肉な表情が浮かんだ。「いや、プリンセス、君はすでに両方とも持っていたんだな。それに、君が僕を求めてないとは言わせないぞ。君は僕を求めている。僕が君を求めているのと同じように」

ケインの容赦ないまなざしを前にして、ペトラは目をそらした。彼の言葉が真実であることを認めたくはない。

落ち着きはらった口調でケインは締めくくった。「僕たちはまだ八年前の感情を引きずっている。そろそろ、それを卒業してもいいころだ。下手に抑制するよりも、未練がなくなるまで求めたほうがいいんじゃないか」

内心煮えくり返る思いで、ペトラは静かに言った。「見下げはてた人ね、ケイン。私はあなたの欲望を満たすための道具じゃないわ。そんなに借金を返してほしいなら……」

ペトラは言葉を切った。ケインの顔には、それ以上言わせない何かがあった。

「決めるのは君だ、プリンセス。選択肢は三つある。僕と再婚するか、僕の愛人になるか、それとも、ローレンス・スタンホープを破産に追い込むか」

その露骨な脅迫に、ペトラはきっと顔を上げた。ケインは平然とステーキを食べている。やがて彼は目を上げた。その水晶のように輝く瞳には、なんの温かみも優しさもなかった。

「でも、スタンホープ社は伯父さまの命なのよ」

「だったら、もっと会社を大切にすべきだったな」ケインは冷酷に言い放った。「彼が先代のあとを引き継いでから、会社の経営は悪化の一途をたどっている。経営者の座に安住して、贅沢《ぜいたく》な暮らしばかり追求してきたからだ。もともと有能とは言いがたい上に、最近では怠惰にもなっている。スタンホープ社の倒産は時間の問題だな」

彼の慈悲に訴えても無駄だわ。彼には慈悲なんてないんだもの。ペトラは皿のアボカドをつつきながら苦しげに言った。「考える時間が欲しいわ」

「だめだ。今、決めてくれ」ケインの声はよそよそしく、その顔にはまったく感情は表れていない。それでも、ペトラには彼が何かを感じているとわかった――存在すら認めたくない何か激しい感情を。

憎しみ？　それとも、何かほかの感情かしら？　私が彼に対して抱いているような形容しがたい感情？　八年前、突然ケインに去られて、私の心は凍りついてしまった。その氷は今も解けていない。だからケインのこととなると、十代の私に戻ってしまう。ケインの言うとおりかもしれない。そろそろ、こんな気持から卒業しなくては。彼の提案は残酷に思えるけど、一種の荒療治になるかもしれない。

ペトラはけっして賭《かけ》に出るようなタイプではない。とくに感情がかかわることについては。性急さが危険をもたらすことを、ペトラは母親を見て学んでいた。でも今は、考えるより先に言葉が口をついて出た。「わかったわ。あなたと再婚します」

ケインの瞳の奥で何かが動いたが、表情は変わらないままだった。「よし。これから君の家に出生証明書を取りに行こう。婚姻届の際に必要だからな。来週はあけておいてくれ。土曜日に結婚する」

ペトラは唖然《あぜん》として彼を見つめた。「それじゃ、あまりにも早すぎるわ……」

「いや」ケインは静かにさえぎった。「むしろ遅すぎるくらいだ。だが、それは今さらどうしようもない」

ペトラは唇をかみ、彼の言葉の真意を考えてみた。けれども、きき返すことはできなかった。ケインのあきらめにも似た口調が引っかかり、胸にかすかな希望が芽生えかけた。とっくに食欲は失っている。ペトラは緊張をごまかすためにミネラルウォーターの残りを飲んだ。「来週休みが取れるかどうかわからないわ」

ケインは顔を歪《ゆが》めた。彼の声には先ほどのかげりは消えていた。「大事な用だと言えば、休みぐらいいくれるだろう。ハネムーンに行くんだと言ってやればいい。食事はもういいのか？」

「ええ」

ケインの尊大な合図で、ウェイターがやってきた。それから二分もしないうちに、二人は店をあとにした。外に出てみると、土砂降りの雨だった。

「送っていこう」ケインは先に立ってＢＭＷに歩み寄り、彼女のためにドアを開けた。どうも釈然としない。どこか間違っている。ケインの隣に座ると、たとえようのない不安が襲ってきた。膝に置いた両手を握り合わせて、ペトラは言った。「ケイン、やっぱり再婚するのはどうかと思うわ。むしろ……あなたがそう望むのなら、あなたの愛人になるわ」

「今さら契約破棄はできないよ」ケインは落ち着いて答えた。「僕のほうも考えが変わったんだ。君を愛人にする気はない」

ペトラはフロントガラスから彼の横顔へと視線を移した。「なぜ?」

ケインは口もとを歪めた。「君を妻にしたほうがいいからさ。さあ、これで選択肢は二つだ。君の伯父さんを見殺しにするか、僕と結婚するか」

ペトラは雨に濡《ぬ》れる町並みに視線を戻した。「だったら、しかたないわ」声が少し震えている。「あなたと結婚します」

「そう言うと思ったよ」

二人は土曜日の午前十時に登記所で結婚した。ペトラは青いスーツを身に着けた。ケインはチャコールグレーのスーツ姿で、いかにも洗練された感じだった。ラグランに住むペトラの旧友とその夫が、式の立ち会い人となった。ケインの親戚《しんせき》も一人も出席せず、育ての親にあたるアンダーソン夫妻の姿もない。

その後、四人はレストランの個室で昼食をとった。食事が気まずい雰囲気にならずにすんだのは、ケインの如才なさとペトラの義務感、それに立ち会ったシンプソン夫妻の陽気さのおかげだった。

「いいだんなさまじゃないの」別れ際、ベリンダ・シンプソンはペトラを抱き締めてささやいた。そして、ケインの頬にキスし、生真面目《きまじめ》に忠告した。「彼女を大切にしてあげてね。こう見えてもろいところのある人なのよ」

「必ず大切にしますよ」ケインは約束し、人生の宝物でも見るように自分の妻にほほえみかけた。

デイヴィッドのフラットに泊まった夜以来、無言電話はふっつりとやんでいたが、ケインとの再婚を控えた緊張と不安で、眠れない夜は続いていた。そのためペトラは式の前夜、睡眠薬の助けを借りた。その影響がまだ残っているのか、頭はぼんやりし、宙を漂っているような気がする。

路上でシンプソン夫妻と別れたあと、二人は車で、ペトラの家に向かった。彼は結婚する一時間前に、滞在していたホテルを引き払い、荷物を移していた。家を目の前にして、ペトラは考えた。ケインはすぐにでも私をベッドに連れていくつもりかしら、それとも、ハネムーン先に着くまで待つつもりかしら？　あの侮辱的なプロポーズのあとも、ケインはキスしようともしなかった。でも、そのほうがありがたいわ。彼に抱かれたくはないもの。

ハネムーンについては、ペトラはいっさい知らされていなかった。ケインはただこう言っただけだった。「カジュアルな服だけ用意すればいい。ジーンズとかゴムの長靴とか、そういったものをね」

「私、ミルクをしぼったり、木を切ったりすることになるの？」

ケインは超然とほほえんだ。「いや。必要な場合は僕が木を切る」

というわけで、ペトラは田舎の散策に合うカジュアルな防寒着などを選んで荷造りした。

「僕は客室のほうで着替えてくる」家の中に入ると、ケインが口を切った。

ペトラはうなずいた。少しでも逃れられたんだから万々歳じゃないの。そう自分に言い聞かせながら、階段を上った。寝室で、ブルー・グリーンのジョッパーズに同系色のシャツ、ツイードのジャケットを着込み、大きな金のバックルがついたベルトを締め、ブーツを履いた。少し突飛な服装だったが、こういう格好をすると自信がわいてくる。

階下に下りていくと、ケインはキッチンでコーヒーを飲んでいた。淡いブルーのシャツに黒いズボン、キャメルのコートを着た彼は、野性的で危険な感じがした。

ケインは彼女の格好を見て、ふっと口もとを緩めたものの、こう言っただけだった。

「君のコーヒーも用意したから、飲んでいくといい」

「ええ」そうは言ったものの、不意にペトラは躊躇《ちゅうちょ》した。

「目的地まで車で四時間ぐらいかかる」ケインは目を細めてペトラを見つめている。「着くのは日が暮れてからになるだろう」

うなずいて、ペトラはマグカップを手にした。コーヒーは少し苦かったが、気分はすっきりした。そしてそれを飲み干しながら自分を納得させようと努めた。これでいいのよ。私の選択は間違ってないわ。

二人を乗せたBMWは港の橋を渡り、一路北に向けてひた走った。ペトラは快適なシートにもたれ、流れる風景を目で追った。ケインのドライブ好きは変わっていないらしく、ハンドルさばきもいかにも力強い。ペトラは彼のしなやかな手をちらっと盗み見た。もし何か起こっても、この手が危険を避けてくれるだろう。その点に関しては、ケインは信頼できる。

しばらくすると、ペトラは眠けに襲われた。うとうとしかけては目を覚ます。それを何度か繰り返すうちに、いつしか寝入ってしまった。

どれだけ眠っていたのだろうか。ようやく目を覚ましてまず感じたのは、首筋の痛みだった。窓の外に目をやると、濃い闇《やみ》の中に丘陵地帯の黒い影がぼんやり見える。しばらくは自分がどこにいるのかわからなかった。不気味な夢を見ていたせいで、まだ夢の続きのように思える。重いまぶたの下から、対向車のヘッドライトと道路にできた水たまりが見えた。車は幹線道路から外れたらしく、辺りに人家の明かりはない。

一匹の動物が道路を横切った。低く悪態をつきながら、ケインはハンドルを切った。その衝撃で、ペトラはぱっとまぶたを開いた。ダッシュボードの暗いライトが彼の尊大な横顔を浮かび上がらせる。ペトラの胸が騒いだ。これは恐怖、それともときめき?

ペトラはかすれた声で尋ねた。「ここはどこ?」

「ホキアンガの北だ」

「本格的な奥地ね」

「北島の最果てだからね」ケインは穏やかに相づちを打った。

「どこに向かっているの？」

「パスト・ヘレキーノ。そこの荒れ地にバンガローを持っているんだ」

ペトラは眠けの残る口調で尋ねた。「あとどのくらい？」

「四、五キロってとこかな」

落ち着いて。ペトラは自分に命じた。落ち着いて冷静にならなくちゃ。でないと、彼のペースにはまってしまうわ。

そこでペトラは視線をそらし、窓の外を眺めた。ところが暗闇に沈む風景を見ているうちに、再び眠けに襲われた。

目覚めたとき、ペトラは大きなダブルベッドに横たわっていた。トタン屋根をたたく雨音が聞こえる。灰色の朝の光が目にしみた。

体はぽかぽかと温かい。あごの辺りまで引き上げられた羽根布団に手を差し入れ、ペトラは下着しか着けていないことに気づいた。

気づいたことはもう一つあった。ベッドに寝ているのは一人ではない。しかも傍らで寝ている男性は一糸まとわぬ姿らしい。

ペトラは静かにじっとしていた。目覚めたとき、そばにケインのぬくもりがあるというのは、奇妙な安らぎだった。けれども、そのうちにかすかな不安がよぎった。私を愛人にしても事足りたはずなのに、なぜケインは結婚にこだわったのかしら？

たぶん、結婚という形を取れば私を拘束できるからだろう。ゆっくりと息を整えながら、ペトラは不安を押しのけた。

「起きているんだろう」ケインがくだけた口調で言った。

ペトラはどきっとしたものの、なんとか平静を保ち、小さくあくびをした。「今、何時なの？」

「朝だよ」ケインは言葉少なだった。

どうしていいかわからず、ペトラはまた一つあくびをした。けれど、口にできない言葉が喉の辺りに引っかかっている。あなたの望みは何？　私たち、これから愛し合うの？

「シャワーを浴びたいなら、その程度のお湯は残っているはずだ」ケインの嘲《あざけ》るような口調が、ペトラの神経を逆撫《さかな》でした。

冷静に、冷静に。ペトラは胸の内でつぶやいた。落ち着かない気分でいることを悟られちゃだめよ。

ペトラは羽根布団を首の辺りまで引き上げたまま、片肘をついて身を起こした。横たわるケインの顔にはうっすらとひげが伸びて、野性的な雰囲気が漂っている。彼はペトラのおぼつかなげな視線を吟味するように見返した。

「怖くないのか、ペトラ？」

ペトラは眉を上げた。「なぜ私が怖がらなきゃならないの？」

「我が冷静な妻は、何物も恐れないってわけか。たとえなんだろうと、その見事な鎧《よろい》を突き破って、奥にひそむ本物の君に訴えることはできないのか？」

「これが本物の私よ」

「信じられないね」

ペトラは羽根布団をしっかりつかんだまま、肩をすくめてみせた。「あなたが何を望んでいるのか、私にはわからないわ」

ケインの目がきらっと光った。「昔結婚した女の子の名残を求めているのかもしれないな。欲望を満たすために百万ドルで身売りし、僕の腕の中で激しく燃えた少女の名残を」

その言葉にペトラは寒けを感じたが、日ごろから培ってきた平静さで軽く受け流した。

「彼女はもういないのよ、ケイン」

「僕が彼女を殺したっていうのか？」

ペトラはあっけにとられ、ぽかんと口を開けた。ケインの鋭い視線に、あわてて冷静な表情を取り繕う。「いいえ。私は逆に、あなたが彼女を存在させたんだと思うわ。あのときの私は、それまでの私じゃなかった。あなたに捨てられて、私は本来の私に戻ったの。あなたが結婚した女は、何か……異常な情熱に取りつかれていて、あんなおかしな態度をとっていたのよ」

「わかった」ケインはじっとペトラを見つめ、ゆっくりと言った。「君はそうやって、氷山の中に隠れていることを正当化するんだな？　でも、だからといって、昔のペトラを消すことはできないぞ。あのころ、彼女は確かに存在していたんだ。今だって存在する権利がある」

　ペトラの顔に悲しげな笑みがよぎった。「ときどき、本当に存在していたのかしらって思うわ」

「いや、確かだ」ケインの声は確信に満ちていた。「しかも、今の君よりはるかに人間的だった。退屈な催しに出かけ、むなしい夜をごまかすために男とベッドをともにする人形とは違って……」

　そう、彼は攻めるつぼを心得ているわ。私の癒《い》えることない古傷をついてくるのだから。ペトラは真っ青な顔で身を引いた。

　ケインは悪態をつき、ベッドから飛び出そうとする彼女の腕をつかんで体の上に引き寄せた。「いや、だめだ。逃げ出すのはやめろ。いい加減に、君が君自身に何をしたか気づいたらどうだ」

　ペトラは彼の上で体をこわばらせた。全身から力が抜けていくのがわかる。ケインの肌が熱い。

「私を私自身から救い出せというの？」ペトラはケインの厳しい顔を見下ろした。「でも、私は今の自分が気に入っているのよ、ケイン。救い出す必要などないのよ。自分の面倒ぐらい自分で見られるわ」

「そして、死んだような人生を送るのか？」ケインは歯を食いしばりながら言った。「安全で不毛な情事ばかり選んで？　君は母親のようになるのが怖くて、深くかかわることを避けてきたのか？」

その言葉はペトラの急所をついた。「私の生き方や性格をあなたに説明する必要はないわ」

「いったいどんな性格だ？」

ペトラは彼の体を押し返した。「私に性格なんてないと思うのなら、なぜ私と再婚したいと望んだの？」

離れようともがく彼女を、ケインはあっさりと引き戻した。彼はペトラを胸に抱き、陰気に笑った。

「一瞬、昔の君に戻ったかと思った。君がその鎧を脱ぎ捨て、他人に対する品のいい軽蔑《けいべつ》以上のものを感じるまで、どれくらいかかるかな？」

ペトラは冷ややかな表情を装った。「私は軽蔑なんて……」

「いや、軽蔑している。君は塔にこもったプリンセスのふりをして、下界でうろうろする一般人を見下すことに、ある種の快感を感じている。欲望と感情に振り回されている人間たちとは違うと、世間に思わせたいんだ。だから、僕が怖いのさ。僕が本当の君を知っているから、君がこの腕の中で熱く燃えたことを知っているから……」

ペトラはいきなりケインを突き飛ばし、ベッドから転がり出た。そして、必死に歯を食いしばった。

だから、私と結婚したのね！　私が欲望の奴隷になり、はずかしめられる姿をもう一度見るために。つまり、これは復讐《ふくしゅう》なんだわ。

ペトラはぎこちない足取りでドアに向かった。その向こうは贅沢とは言えないながらも清潔な浴室になっていた。寝室からは何も聞こえてこない。今ごろ、ケインは私の屈辱感を想像して、ベッドで悦に入っていることだろう。

唇をかんで、中を見回した。何かいつもと同じことをして心を落ち着かせなくては。ペトラはまず顔を洗い始めた。水は氷のように冷たい。あえぎながら顔を拭《ふ》くと、今度は歯磨きに取りかかる。その間も、あれこれと思いを巡らしたが、なんの結論も出なかった。ケインはやすやすと私の人生を乗っ取り、あれほど大切にしていた私だけの世界は、粉々に砕けてしまったのだ。

恐怖のあまり身震いしたペトラは、がっくりと頭を垂れ、洗面台の縁につかまって体を支えた。だが、すぐに体を起こし、バスタオルを体に巻いて寝室に戻った。

「じゃあ、あなたは私が〝本物の私〟に戻るまでは、この結婚ごっこを本物にする気はないのね?」その口調には、軽蔑の色がありありとにじみ出ていた。

ケインは広いベッドの上ですっかりくつろいだ様子だった。真っ白なシーツと小麦色のたくましい肩が、見事なコントラストをなしている。彼は獲物をしとめた野生の獣のように、満ち足りて長い手足を伸ばし、ペトラの無表情な顔を愉快そうに見やった。

「それが君の希望か? 僕たちの結婚を本物にすることが?」ケインは彼女の全身に視線を走らせ、ほっそりした脚や胸と腰の柔らかな丸みに目をとめた。

その落ち着きはらった侮辱的な視線に、ペトラの体がかっと熱くなった。「まさか!」

「僕も同感だ」感情のひとかけらもない声だった。ケインは下からペトラの顔を見すえている。まるで冷たい仮面のどこかにほころびがないかと探っているようだった。

ペトラは悪寒を感じて身震いした。「わかったわ。だったら、なぜ……?」

「なぜ君と再婚したかって? 伯父さんを守ろうとする君の覚悟のほどを見定めるためかな」ケインの澄んだ瞳は氷のように輝いていた。

「それが目的なの?」

「君には関係ないことだ」ケインは冷淡に言い放った。「もっとも、君の体を楽しむ代償に金と自由を放棄するつもりはない。それならもう経験ずみだからね」

「私は絶対に……」

「身売りなんかしない?」ケインは愉快そうに言ったが、目にはなんの温かみもなかった。彼は改めてペトラの全身に値踏みするような視線を走らせた。「どうだっていいことだ、プリンセス。僕も君を買う気はないからね。君が僕に抱かれるとしたら、それは君が僕を求めているからであって、君の伯父さんを救うためじゃない」

「でも、伯父さまはどうなるの?」ペトラは必死に自制心を保とうとした。ひとたび自制心を失えば、ケインの術中にはまってしまう。

「彼をどうにかする気はない」

「じゃあ、借金を帳消しにするだけね?」

ケインはうなずいた。「だが、たいした効果はないだろうね。スタンホープ社の倒産は見えている」

ペトラはたじろいだ。「会社がつぶれたら、たくさんの人が路頭に迷うことになるわ。今の経済状況だと、再就職は難しいんでしょう?」

「気の毒だがね」ケインはつれない口調で相づちを打った。「だが、世の中とはそういうものだ。言うまでもなく、これで君があの会社を引き継ぐ可能性も消えるわけだが」

「そんなことはどうでもいいの。実際、何も期待してなかったもの」

「じゃあ、君は会社が危険な状態にあるのを知っていたんだな?　いつ気がついたんだ、プリンセス?　君の伯父さんがそのことを打ち明け、君に助けを求めてきたのはいつだった？」

ペトラはこぶしを固く握ったまま何も言わなかった。無表情を装いながら、その裏では怒りと敵意がたぎっている。

「君の無実の訴えはもうたくさんだ」ケインは首の後ろで両手を組み、まばたきもせずにペトラを見すえた。その口調は投げやりで、怒りの色さえない。

「私の服はどこ？」ペトラは寝室の中を見回した。

「衣装戸棚とたんすにあるよ」

最初に見つかった服を腕に抱え、ペトラはケインを振り返った。「じゃあ、私をここに連れてきたのは、ささやかな復讐を楽しむためだったのね」

ナイフのように鋭い笑みが返ってきた。「そうかもしれない」

「あなたを軽蔑するわ」

ケインはにやりと笑った。「当然だろうな」そう言って彼はベッドから立ち上がった。

その体には、力と意志がみなぎっていた。「これはほんの手初めさ」

ペトラは恐怖に喉を詰まらせ、浴室に駆け込んだ。彼の低い笑い声が耳にこだまする。

コーデュロイのパンツとコットンシャツにジャージを着て、髪を後ろに束ねたペトラは、青ざめた頬に両手をあてて白い壁をにらみつけた。聞こえるのは自分の心臓の鼓動だけだ。

自制心を失い、感情に翻弄《ほんろう》されてはいても、怒りと恐怖の奥に何か別のもの――ときめきのようなものがひそんでいるのは感じられる。

ケインは伯父さまの罪を私に償わせようとしている。でも、どういうふうに？　母親の話を持ち出したり、肉体関係のない結婚生活を主張するのは、彼が昔の私を軽蔑している表れだ。でも、今度はそんな弱みを見せたりしない。そう決意して、ペトラはぐっとあごをそびやかした。もう二度とはずかしめられるような真似《まね》はしないわ。

不意に不快な考えが浮かび、ペトラを打ちのめした。彼は私が考えている以上に巧妙な手を使うかもしれない。彼の狙《ねら》いは、八年前と同じように私を服従させることかしら？　私の冷静さが彼の自尊心を逆撫でしたのかしら？

ペトラは肩を落とし、体に両腕を回して、息をつこうとあえいだ。そんなはずはない。いくらケインでも、そこまで残酷にはなれないわ。背筋を伸ばしたペトラは、考えを巡らせつつ寝室に戻った。

もう一つのドアは、小ぢんまりした古風な居間に続いていた。一角に木の椅子とテーブルが置かれ、カウンターの奥はキッチンになっている。片隅には薪《まき》用のかまどがあった。

ケインの姿は見えなかった。ペトラは安堵《あんど》のため息をもらし、ドアの脇《わき》の窓に歩み寄った。家の前はベランダになっていて、その隅に薪が積み上げられている。ベランダの先には、雑草の茂る庭が広がっていた。片側には壊れかけた柵《さく》に囲まれた果樹園があり、しのつく雨を通してかりんやりんごがなっているのが見えた。金色の実は柑橘《かんきつ》類の一種らしい。

反対側では、さざんかの巨木に咲いたピンク色の花が、雨に濡れて宝石のように輝いていた。

この野生の風景の中で唯一場違いな感じがするのが、高さ三メートルほどの枯れ木のそばに止めてあるケインのBMWだ。それを除けば、あとは木々と丘陵しかない。荒涼とした寂しい土地。どうしてケインはこの家を買ったのかしら？　ペトラは身震いしながら居間に引き返した。

かまどを点検してみると、火は入っていなかった。お風呂に入りたくなったり、コーヒーや温かい食べ物が欲しくなったときには、この情けない代物に火をおこさなくてはならないのだろう。

焚《た》きつけの紙とマッチは、手近なバスケットの中に入っていた。数分のうちに、ペトラはどうにか火をおこし、水の入ったやかんをその上に載せた。

日常的な家事労働をすることで、自分の置かれた状況を考えないようにしたかった。今は息抜きの場所が、頭を整理する時間が必要だ。

ペトラは流し台の上の小窓からぼんやりと外を眺めた。結婚生活が破綻《はたん》するその日まで、ケインは優しかった。それに、多少保護者気取りだったとしても、少なくとも思いやりがあった。

でも、今の彼には情熱も優しさもないわ。ペトラは身震いし、乾燥した焚きつけをさらにかまどにくべた。なぶりものにされるのは、なんと恐ろしいことだろう。彼は私をどうするつもりなのかしら?

弱気になってもしかたないわ。気を取り直して、ペトラは食事の支度にかかった。マーマレードとバター、ミルク、食器を出し、色あせたテーブルに並べた。ベンチの上にあったシリアルの箱に、ペトラはぞっとした。こんなもの、とても喉を通らない。けれども、かまどでトーストを焼くのも難しそうだ。電気のない場所を隠れ家に選ぶなんて、ケインもたいしたものだわ!

食器戸棚を点検したペトラは、膨大な保存食や缶詰を前にして考え込んだ。ケインはよくここに来ているみたいだわ。この八年間で、彼は何度ニュージーランドに戻ってきたのかしら?

ケインの足音がしたのは、コーヒーをいれているときだった。ペトラは落ち着かない気分でバターを鋳鉄製の鍋《なべ》に入れ、ベーコンを焼く用意をした。

ケインはベランダで雨具を脱ぎ、雨と新鮮な緑のにおいをまとって入ってきた。

「ずっと考えていたんだ」彼は突然切り出した。

8

ケインは少したためらってから、わざと明るい声で言った。「僕たちは本当の意味でお互いをよく知ろうとしなかっただろう？　まあ、最初の結婚の前にはおしゃべりもしたが、熱に浮かされて、落ち着いて話すこともできなかったし」彼の口もとに歪《ゆが》んだ自虐的な笑みが浮かんだ。「結婚してからは夜のことばかりに夢中で、会話を楽しむ暇もなかった。だが、今は僕たちも年齢を重ね、少しは賢くなっている。お互いへの愛情が消えたとはいえ……」

「考えていた？」

「もともと愛情があったとしての話だけど」ペトラは苦々しげに口を挟んだ。ケインの顔つきが険しくなった。ペトラは肩をすくめ、慎重に言葉を選んで言った。「あれは信頼関係のない異質な愛情だったたってことよ」

ケインは納得した表情になって、キッチンのほうへ目を転じた。「何か焦げているぞ」

ペトラはあわてて振り返り、鍋《なべ》を火から下ろした。焼けた鋳鉄で手を火傷《やけど》し、息を詰まらせる。

　するとすかさずケインが駆け寄り、ペトラの手をつかんで水道の蛇口をひねった。水をかけているうちに、やがて痛みは薄れてきた。「もう平気よ。ほら、水ぶくれにもならずにすみそうだわ」

　ケインは彼女の手をじっと見つめた。火傷の赤みは薄れつつある。

「鍋つかみを使えばよかったんだけど」沈黙に耐えかねて、ペトラは口を開いた。ケインはうなずき、そっと彼女の手を拭《ぬぐ》った。雨の音がまたいちだんと激しさを増してきた。

「大丈夫だから」

　ペトラはか細い声でつぶやき、彼に背を向けると、ペーパータオルで鍋を拭《ふ》き始めた。改めてバターを敷き、ベーコンを四枚入れる。その間も、ケインの鋭い視線が肌に食い込むように感じられた。

「僕が言いたかったのは」一呼吸おいてから、ケインは確信に満ちた理性的な口調で話し出した。「今度は成功させたいってことだ。僕たちはお互いをよく理解し合うべきだ。だから、二人の気持が一つになるまで、最後の一線は越えずに踏みとどまることにした」

　ペトラは失望に襲われた。自分でも思いがけないことだった。私の中には、彼の性的魅力に屈伏した八年前の私が残っているんだわ。自分で否定しながらも、もう一度彼の腕に抱かれる瞬間を待ちわびていたなんて。

ショックと自己嫌悪で、ペトラの口調は硬くなった。「ええ、そうね。そのほうが賢明だと思うわ」

肩に手をかけられ、ペトラははっと振り返った。ケインは鋭いまなざしで彼女のこわばった顔や後ろに束ねられた金髪、かつては柔らかに反応した唇を見つめている。灰色の瞳の奥で何かが光った。

「だからといって、いつまでも現状維持できるとは思うなよ。僕は聖人じゃないんだ」ケインはそう警告し、ペトラのヘアピンを抜き取って、ふわりと落ちる金髪を両手で受けとめた。「このほうがいい」彼はにやりと笑った。

ペトラはあわてて彼のそばから離れた。いたずらにベーコンをひっくり返しながら考えた。私は大きな間違いを犯していた。ケインは八年前と変わっていないと思っていたけれど、そうではない。もしかしたら、もともと違う人だったのかもしれない。たぶん感情に溺《おぼ》れるあまり、彼を見誤っていたのだろう。

このケインが――冷酷で謎《なぞ》めいて、怜悧《れいり》な頭脳で自分の魅力を最大限に利用する人が、本物のケイン・フレミングなんだわ。私は彼のことを何一つ知らなかったのよ。

ベーコンの香りが立ち込めるのを待って、ペトラは卵のパックを開いた。今になって自分の過ちに気づくなんて、本当にばかな話だわ。存在しない人を八年間も待ち続けていたのだから。

ペトラは機械的に卵を鍋に割り入れた。ケインは冷酷で危険な人よ。これから私はどうしたらいいのかしら?

疲労感がどっと押し寄せてくる。私はケインのように冷静になろうと、彼にふさわしい女性になろうと、八年間も苦しんできた。すべてはむなしい努力だった。彼は私を愛していない。私を愛したことなんて一度もない。いくら私が性格を変えようと、これからも愛してくれることはないだろう。

「何を考えているんだ?」ケインが唐突に尋ねた。

振り返ったペトラの顔は少し青ざめていたが、表情は冷静そのものだった。

「あなたがなぜ再婚を決めたのか考えていたのよ」

ケインはペトラのうつむきがちな顔に抜け目ない視線を走らせた。「今さら家庭が欲しいってわけじゃないし、君は無邪気で純情だという思い込みも消えた。だから、君に裏切られたと知って、幻滅を感じて逃げ出すことはないね」

「私はあなたを裏切ってないわ。ローレンス伯父さまのたくらみを知らなかったんですもの」

ケインは眉を上げ、手際よくベーコンエッグを皿に盛るペトラの行動を見守った。「何度もそう主張しているうちに、君自身そう信じ込んでしまったようだな。そんなことは、もうどうでもいいんだ、ペトラ。僕がニュージーランドに戻ってきたとき、君が再婚をして幸せでいたら、そのままですんでいただろう。だが、君はまだ独身だった。だから、お互いのためにやり直してみようと考えたんだ。僕は子供が欲しい。君はどう思う？　今回はお互い納得ずくだし、問題はないはずだ」

「ひどい人」ペトラはつぶやいた。

ケインはにやりと笑った。「単に理性的なだけさ、プリンセス。僕たちの結婚生活がうまくいかない理由はない。君も少しは大人になったし。八年前はトースト一枚焼けなかった君が、今はかまどさえ扱えるんだからな」

「熱いお湯が欲しければ、かまどに火を入れなくちゃならないことぐらい、誰にだってわかるわ。私、昔はガールスカウトだったのよ。火のおこし方は知ってるわ。お料理にしたって……」声が少し震えた。「ベーコンエッグじゃたかが知れてるでしょう」

「君は知らないな、ベーコンエッグをうまく作るのがどれだけ難しいか」

そう言いながら、ケインは彼女が作ったベーコンエッグをおいしそうに食べた。トーストにしか手をつけないペトラを見て、彼は眉を上げたが、口に出しては何も言わなかった。

やがて、ペトラはコーヒーのお代わりを入れるために立ち上がった。

「僕の分も入れてくれ」そう言ってから、ケインは礼儀正しくつけ加えた。「頼むよ」

もちろん、彼のコーヒーの好みは覚えている。ミルクはほんの少し、砂糖はなし。短い結婚生活の中で、もっと重要なことがいろいろとあったはずなのに、どうしてこんな些細《ささい》なことばかり覚えているのだろう。もっと重要なことは思い出すのがつらいから？　確かにケインの腕の中で過ごした夜を意識的に記憶の底にしまい込んできた。

コーヒーポットを持つ手が震えた。ペトラは唇をかんでコーヒーを注《つ》ぎ、ケインにカップを渡した。

「君の伯母さんのしつけで感心するのは」ケインは小声で嘲《あざけ》った。「男性に仕える古風な態度だな」

ペトラは抑揚のない声で言い返した。「気の毒に。それが義務感から出た行為だってことを知らないのね」

「君はフェミニストかい、プリンセス？」

「そうだって言ったら納得する？」

「いや」ケインは穏やかに言った。「もっとも、フェミニストの主張はあらかた正当だと思うがね。気に入らないのは、彼女たちが子供はそれほど母親を必要としていないと信じている点だ」

「そういう説は聞いたことがないわ」ペトラは辛辣《しんらつ》に言った。

「じゃあ、仕事に満足を追求するためなら、女性が子供を預けっぱなしでも許されるって意見をどう思う？」

「お言葉ですけど」ペトラは間髪を入れずに切り返した。「最近では、ある程度の生活水準を保つために働かざるをえない女性が多いのよ」

「それでは答えになってないな」ケインは彼女の目を見返し、椅子にもたれて穏やかに言った。「僕を納得させてみたらどうだ」

彼を納得させる自信はなかった。ひそかにケインの考え方に共感を覚えていたからだ。ペトラ自身、母親の愛情に飢えた子供時代を過ごしたことも作用しているのだろう。それでも良識を駆使して論理的に意見を述べた。

活発な意見のやりとりは刺激的だった。ペトラは知性を磨くことに喜びを感じていた。大学では討論会にも参加したが、これはそういうものとは違う。ケインの知性は、これまでに出会った誰よりもはるかに研ぎすまされている。ペトラは疲れていたにもかかわらず、自分がいきいきしてくるのを感じた。

もしこれがケインの言うお互いを理解し合うことなら、喜んで協力するのに。これなら体の奥にひそむ欲望も、なんとか無視できるだろう。

結局、二人は午前中いっぱい討論を続けた。ペトラにとって、こんなに楽しい時間は数年ぶりのことだった。

だが、その後ベッドを直しているとき、またしても不安が頭をもたげてきた。このまま、彼と向かい合って過ごしていたら、そのうち欲求不満が高じてくるに違いない。私はそれに耐えられるだろうか？

ペトラはベッドの端に腰かけ、ぼんやりと白いシーツを見つめた。この家の中はほとんど簡素なものばかりなのに、ベッドだけは妙に豪華な造りだ。これからは、互いの気持が一つになるまで愛し合うのはよそうと言った人と、ここで眠らなくてはならないのだ。

背筋に熱い震えが走ったが、ペトラは目をそらさずに未来を直視した。あのころのときめきは、今も消えてはいない。遅かれ早かれ、それに身を委《ゆだ》ねることになるのは目に見えている。

平穏で秩序立った生活が、いやおうなく指の間からこぼれ、培われた自制心が失われていく。ケインの態度次第で、私はすぐにでも身を投げ出すだろう。たとえ、ケインが心を開かず、よそよそしくても彼の力は変わらない。十代のころも彼のさめた態度に悲しい思いをしたけれど、今、このままの状態で過ごすとすれば気が変になってしまうかもしれない。なんとかして伯父さまのたくらみとは無関係だったことを信じてもらわなくては。でないと、この結婚はけっして本物にはならない。

今になってペトラは、この結婚を成功させたいと切望していることに気づいた。茫然《ぼうぜん》と目を見開き、青い顔で座っていると、ケインが家の中に入ってくる音がした。

はじかれたように立ち上がったペトラは、羽根布団とシーツを引き上げ、枕《まくら》の位置を直した。急いでたんすを探し、寝巻きなどの入っている引き出しを見つけた。ケインが下着まで荷ほどきしたのだと思うと、奇妙に胸が騒ぐ。一番露出度の少ない寝巻きを手に取ったとき、ケインが戸口に姿を現した。黒い髪が雨のしずくで光っている。ペトラの挑戦的な表情と手にした寝巻きを交互に見比べ、彼は嘲りの色を浮かべた。

「昨日僕が整理したときには、もっとかわいいのがたくさんあったはずだがね」

「これが一番落ち着くのよ」ペトラはなんとか頬のほてりを抑えようとした。

「なるほどね、プリンセス。だが、心配は無用だ。たとえ君がどんな挑発的な姿で誘惑しようと、自分の欲望くらい抑えられるから」

ペトラは怒りに口もとを引き結んだ。心の中をむなしい寒さが押し寄せる。「そうでしょうとも」

ケインは意味ありげなまなざしでペトラを見つめている。そこには優しさのかけらも見あたらない。「もちろん君だって同じだろう、プリンセス?」

「そんな呼び方はやめて!」

「なぜだ? ぴったりの呼び名じゃないか。傷つくことを恐れて、ケアリーとの中途半端な情事に日々を過ごす石のプリンセス。君は心の鎧《よろい》を脱ぐことを怖がっている。その鎧のおかげで感情を抑えてきたからだ。感情はやっかいなものだ、そうだろう? 君は感情を隠し、抑圧し、そんなものは必要ないと自分に言い聞かせてきた。君の伯母さんもよくしつけたものだよ、ペトラ。だが、君にもともとそういう素質があったんだろう。しつけだけでここまではならないからな」

侮辱に満ちた言葉にはずかしめられ、ペトラは心の中でおののいた。だが、毅然《きぜん》としてあごを上げ、冷静な声で言い返した。「私がそんなに冷たい人間なら、なぜ再婚を強要したの？　私の体が目あてじゃないのはわかっているわ。今までいろいろな女性がいたはずなのに、あなたは誰とも結婚しなかった」

ケインはにっこり笑って、ペトラの唇にキスした。彼の唇は熱く、その激しさに圧倒される。反応を押しとどめ、じっとしているのは苦痛だったが、ペトラは身を固くして耐えた。

「僕は再婚を強要したわけじゃない。君が選択したんだ。それに、君が嘘《うそ》つきで、伯父さんのために身売りするような女でも、僕はやっぱり君が欲しい」

ペトラは彼の名前をささやいた。震える唇を撫《な》でるケインの親指にキスしたい衝動がわき上がる。恥ずかしさと絶望が心の中でせめぎ合っていた。

「だが、君が降伏するときは」ケインは抑揚のない声で続けた。「借金を払うためでも、取り引きのためでもない。君自身そうせずにいられなくなるからだ」

こめかみに冷たい汗がにじむ。ペトラの焦点の定まらない目には、ケインの決意をあらわにした顔が恐ろしげに映った。

「プリンセス、君は要塞《ようさい》に閉じこもる臆病《おくびょう》者だ。僕はその要塞を崩してみせる。君の鎧をぶちこわしてやる。君はそれが怖いんだろう？　僕が伯母さんから教わったことを——

〝理にかなった分別ある〟ふるまいを忘れさせるから。ベッドの中で君がそれを認めたとき、僕たちはお姫さまと農民ではなくなる。お互いを求めるただの男と女になり、本物の夫婦になるんだ。さあ、レインコートを着なさい。散歩に出かけよう」

抵抗するのはそれほど難しくないわ。苦い屈辱の中でレインコートに袖《そで》を通しながら、ペトラは考えた。そのあとのことを考えればいいんだもの。抵抗をあきらめれば、大切なものをすべて放棄することになる。そればかりかケインはベッドをともにする間ずっと私を軽蔑《けいべつ》するだろう。

ペトラはドアの外でケインと落ち合った。彼は濃いグリーンのコートにブーツというでたちだ。

でこぼこの小道は丘を巡り、茂みの奥へと続いている。この道がどこまで続くのか、まったく見当もつかない。近くには道路も人家もなく、確かにここは完全な奥地だ。

「いや、そっちじゃないよ」ケインが上の空で言った。「あの丘の向こうに行くんだ」

ケインは大股で庭を横切り、薪《まき》が積んである小さな納屋を通り過ぎた。かつてはそこに柵《さく》があったらしいが、今はさびた鉄条網とくさりかけた杭《くい》が残っているだけだ。しのつく雨が丘を覆っている。

二人は無言で丘を上り始めた。この土地は今は耕されていないらしく、牧草地にはねずもどきのやぶが茂り、小さな雪のような花を咲かせていた。

大きな鳩《はと》が頭の上をかすめて飛び、続いてもう一羽飛んでいった。なぜか胸が躍り、ペトラは周囲を見回した。険しい斜面を百五十メートルほど下ったところには、入江と船着き場があったが、いくら目を凝らしても人影は見あたらない。人家も道路も船もなく、荒れ野には動物の姿さえなかった。

「なんだか……寂しいところね」ペトラは言った。粗削りな丘陵や海岸の雄大さを目の前にすると、人間の存在がちっぽけなものに思える。

「ああ」ケインは足を止めた。「家は一軒も見えないな」

ペトラは潮の香りがまじる冷たい風を思いきり吸い込んだ。大きくうねる丘の稜線《りょうせん》が、低く垂れこめた雲と雨の中でかすんでいる。茂みのところどころからのぞく岩肌が、濡《ぬ》れて光っていた。

「こんな荒れた土地を開拓しようとした人がいたなんて、不思議な気がするわ」

「三十年前はみんな、どんな土地でも開拓できると信じていたんだ」ケインは立ち止まり、ペトラの視線を追って、荒れはてたわびしい風景を眺めた。「多くの人々がこの土地に心血を注ぎ、夢破れて去っていったんだろうな」

「ここはあなたの土地なの？」

ケインはむっつりした顔をした。「ああ、僕のものだ。大金を稼げるようになったとき、最初に買ったのがここだった」

「隠れ家ってこと？」ペトラは興味を引かれて尋ねた。八年前の短い結婚生活の間、彼は一度もこの場所のことを口にしなかった。

「くつろげる場所だ。農場育ちのせいかな。丘や茂みに囲まれていると落ち着くんだよ」

ペトラは彼の心の奥を垣間見たような気がした。「たいていのニュージーランド人は、海岸のほうが好きみたいだけど。アメリカで逃げ出したい気分になったときは、どこに行くの？」

「あっちには見事な高い山も多いから。でも、時間ができれば必ずここに戻ってくるんだ」

やっぱり彼はときどき帰国していたんだわ。私が知らなかっただけだ。でも、知っていたからといって、どうなるの？　どうにもなりはしないわ。

「あなたの家族はどうしているの？」ペトラは努めてさりげない口調で尋ねた。

ケインは肩をすくめた。「両親は健在だよ。弟はテ・アワムツで農場をやっているし、妹たちは二人とも結婚している」

「アンダーソン夫妻は？」

「君がそれを覚えていたとは意外だな」

彼が言ったことならすべて覚えている。だが、それを明かすつもりはなかった。

「二人とも亡くなったよ」ケインは穏やかに言った。

ペトラは彼の腕に手を触れた。しかし、彼が体を固くするのを感じて、すっと手を引っ込めた。「お気の毒だったわね」

ケインはちらりと歯を見せて笑った。「気の毒がることはない。彼らはけっこうな生活をしていたよ。僕が借りを全額返したからね」

その皮肉めいた口調に当惑し、ペトラは彼の顔を見上げた。「お金を返せって言われたの？」

ケインは唇を歪めて微笑した。「そう。みんなが僕に金を要求した。両親は僕を売り渡しただけじゃ飽き足りず、僕が成功していると知ると、さらに金を無心してきた。だから僕は、二人に農場を買ってやったうえで金を渡した。すると今度は、アンダーソンが自分の分け前を欲しがった。だから、彼らにも金を返した。弟にも農場を買い与え、妹たちにもそれに見合った額を与えてやった」

ペトラは吐き気を覚え、同情で胸を詰まらせた。「家族に会うことはあるの？」

彼は再び広い肩をすくめた。「向こうが金を無心してくるときだけね。でも、それが人生ってものだろう？」ペトラの表情から何か読み取ったのか、彼は冷酷に締めくくった。「結局、君が僕と結婚したのも、そのためじゃないか」

裏切られたと思い込んだとき、ケインがあれほど残酷な態度に出た理由が、これでようやくのみ込めた。彼があんなに荒れたのも無理はない。最初は家族に拒絶され、次に食いものにされたのだから。

いいえ、それは違う。ケインほどの強い人が、誰かに食いものにされるはずはない。彼は家族の貪欲《どんよく》さを軽蔑しながらあえて受け入れたのだ。でも、心の奥底では傷ついていたに違いない。おまけにアンダーソン夫妻にまで無心されたのだ。

これではケインが私にだまされたと思うのも当然だ。いくら彼を愛しているから結婚したと言っても、信じてもらえるはずがない。

「二年前に母が死んだとき」ペトラは率直に話し出した。「私はお葬式に出ても泣けなかったわ。私だけでなく、誰一人泣いてなかった。死んでも泣いてくれる人がいないなんて、なんだかとてもむなしい人生のような気がしたわ」

「君のお母さんはどんな人だった?」

巨大な白波が船着き場に打ち寄せて、逆巻くのが見える。「彼女は……情緒不安定な人だったわ。いつも愛情を求めていたけど、恋人たちは母の欲望の激しさばかり見て、彼女に愛情を与えられなかった。母自身も自分が何を求めているか、わかっていなかったんじゃないかしら。彼女は愛なしでは、ロマンスなしでは生きられなかった。それで身を滅ぼしたのよ」

喜びと怒り、とりわけ涙に満ちたアン・スタンホープの生涯。美しい母は至るところで泣き崩れ、痴話げんかを繰り返し、涙ながらにすがって求めた――許しを、愛を、優しさ

なざしだった。

「どうしたんだ?」ケインはじっと彼女を見つめた。心の奥まで見透かしそうな真剣なまなざしだった。

ペトラは顔をそむけた。「母は、あの波のような人だったわ。なすすべもなく自分の欲望や欠点、情熱に全身でぶつかっていたの。彼女は世間の物笑いの種だった。ほんの子供だった私でさえ、そのことを知っていたわ。母はいつも、場所もわきまえずに醜態を演じてた。でも、それだけ不幸だったのよ。大人になって、初めて私はそれに気づいたわ」

「それでよく男たちが寄ってきたものだな」ケインは物憂げに感想をもらした。

「それは、きれいな人だったもの」ペトラは冷静な声で言った。「死ぬ間際のアルコール漬けだったころに撮った写真でさえ、美しさは少しも衰えてなかった。とても優美で、理想の女性って感じだったわ。それに頭だって悪くなかったのよ。聡明《そうめい》で話し上手で、人を楽しませる天賦の才能の持ち主だったわ」

「じゃあ、幸せな時期もあったんだね」

「ええ」ペトラは昔を思い出してほほえんだ。「一度、私を連れて博物館に行ったこともあった。古い家具や陶器を見せて、それを作った人や使った人たちの話をしてくれたわ。一度きりだったけど」

降り出した雨が茂みや二人の顔を濡らしていく。彼らは暗黙の了解で小道を引き返す。

「どういう経緯で、伯父さんたちに引き取られることになったんだ?」

「母は恋人とタヒチに旅行したかったの。それで、足手まといな私を伯父さまたちに預けたわけ」ペトラの笑顔がかげった。「私は意固地でわがままな癇癪《かんしゃく》持ちの子供だったけど、キャス伯母さまは私の本質を見てくれたわ。母が戻ってきたとき、伯母さまは私を引き渡すのを拒んだの。どちらが引き取るかで訴訟にまでなったけど、私を伯母さまに預けたいという父の証言で、判事は伯父夫婦に養育権を与えたのよ。伯母さまは辛抱強く時間をかけて、奇跡を起こしてくれたわ」

「そう?」ケインの言い方は辛辣だった。「どうやって奇跡を起こしたんだ?」

「私を愛してくれたのよ」ペトラの声が優しくなった。「伯母さまは母とは正反対の人だった――親切で愛情深く、いつも私のそばにいてくれたわ。そして、手に負えない子供を人間に変えてくれたのよ」

「伯母さんには実の子供はいなかったのか?」

「ええ」頰に伝う雨のしずくを、ペトラは舌で受けた。それは甘く汚れがなく、人生の味がした。

強い視線を感じて、ペトラは顔を上げた。ケインがこの無邪気な動作をじっと見守っていた。ペトラは頰をぽっと染めた。

「すると君は、伯母さんにとって実の子供の代わりだったわけだ。彼女は君に自分の描くイメージを投影し、君を自分の子供に仕立てたんだな」

考え深げな口調に、ペトラは身をこわばらせ、伯母をかばいたい衝動をこらえた。どれほど伯母夫婦に恩義を感じているか、ケインにはけっして理解できないだろう。とはいえ、ケインの言い分もあながち間違いではなかった。

「そうかもしれないわね」ちょっと考えてから、ペトラは認めた。「でも、伯母さまは私から得た以上にはるかに多くのものを私に与えてくれたわ」

ケインの瞳に理解と皮肉の色が浮かんだが、それ以上は何も言わなかった。家に帰り着くまで、二人は黙ったままだった。

家の中はじとじとと湿っぽかった。「お風呂に入るわ」ペトラはそう言って、浴室に向かった。

浴槽につかると、わびしげに自分の華奢《きやしや》な体を見下ろした。胸は小さく、顔も母親とは比べものにならない――それに、シモーンとも。彼女の情熱的な顔立ちと豊かな丸みを帯びた体つきを思い出し、ペトラは嫉妬《しつと》を感じた。

情けない話だが、私はいまだにケインを求めている。肉体的な面では、その理由も納得できる。ケインのしなやかな体が、その優雅さが磁石のように引きつけるのだ。

だが、ペトラは彼の精神的な面にも惹《ひ》かれていた。過去八年間、それを忘れようと努め、ただ彼の肉体に惹かれているだけなのだと言い聞かせてきた。でも、今朝改めて彼と意見を闘わせる楽しさを思い知った。

ケインの家族はどうしてそんなに無神経になれるのかしら？　彼から両親に売られたと聞かされたときにショックを受けたことを思い出す。商品のように扱われて、ケインはどれほど傷ついたかしれない。私が身売りしたと信じ込むのも当然だ。

ペトラはしかめっ面で浴槽を出て、体にバスタオルを巻いた。ケインの心情が理解できたからといって、何か変わるわけではない。彼が頑固な独裁者であることは変わらないだろう。それに私だって、いつまでも月明かりの下で彼に一目ぼれした女の子のままだ。

ケインは私に復讐《ふくしゅう》したいだけなのよ。彼自身、気づいていないかもしれない。けれど、彼が私と再婚したのは、私の中にひそむ欲望を自由に操れることを証明するためだわ。用心しなくちゃ。ケインは平気でそれができる冷酷な人だもの。

着替えをすませてキッチンに戻ったペトラは、かまどに薪をくべてから、窓の外のどんよりした空を眺めた。部屋の中が湿っぽく息苦しいので、ベランダに出て周囲を見渡した。

深呼吸を三度繰り返してから、ペトラは長靴を履き、水たまりを飛び越えて、柵のそばに立つ椿《つばき》の木に近づいてみた。繊細な深紅の花は、日本の屏風《びょうぶ》に描かれた絵のようだ。ペトラが木に近づいたとき、納屋のほうから、たん、たんと単調な音が聞こえてきた。

ペトラはくるりと向きを変えた。いったいケインは何を始めたのかしら？　好奇心に負けて、ペトラは納屋へと向かった。

　ケインはシャツを脱いで大きな斧《おの》をふるい、太い切り株をたたき割っていた。薄暗い光に引き締まった裸の上半身が浮かび上がり、筋肉の動きの一つ一つが手に取るように伝わってくる。

　ペトラは固唾《かたず》をのみ、逃げるように納屋を離れた。椿のそばに戻り、可憐《かれん》な花に意識を集中させようとしたが、もはや手遅れだった。

　家に入ると、グラスに花を飾り、かまどにさらに薪をくべた。昼食の用意もあるし、薪割りをすませたケインが、シャワーを浴びるかもしれない。納屋で見た光景を無理やり頭の中から締め出し、水を入れた大鍋を火にかけた。玄米の袋を見つけたので、伯母から教わったスパニッシュ・ライスを作ることにした。

　それから二十分後、熱を通した玄米にベーコンやたまねぎ、ハーブ、トマトの水煮をまぜ合わせ、スパニッシュ・ライスは仕上げに入った。レタスとトマトとグリーンペパーのサラダもできあがったし、飾りつけ用のアボカドも用意できた。

　薪割りの音がとぎれたのは、ペトラが白と赤のチェックのテーブルクロスに、花を生けたグラスと銀食器を並べ終えたころだった。ケインは外で肉体労働をこなし、私はキッチンで彼のために料理を作る。これじゃ、昔の夫婦みたいだわ！

　また降り出した雨が、トタン屋根や庭の水たまりに低い音をたてている。空は一面灰色の雲に覆われたままだ。

ベランダで薪を積み上げる音が聞こえる。ペトラは急いでかまどのそばに近づき、料理に夢中になっているふりをした。

「いいにおいだな」入ってくるなり、ケインは言った。

「あと二十分ぐらいでできあがるわ」ペトラは努めてさりげない口調で答えた。

ケインはペトラに近づくと、水道の蛇口をひねって、グラスに水を注いだ。その間、ペトラは息を殺して、自分の手もとに意識を集中させた。料理のにおいにまじって、男らしい汗のにおいが鼻をくすぐる。早く私から離れて。ペトラは心の中で叫んだ。

「すぐに着替えてくる」ケインはグラスの水を飲み干してから肩越しに言い残すと、寝室に姿を消した。

シャワーの音を待って、ペトラは持っていたスプーンを放し、椅子につかまった。しばらくは手の震えが止まらなかった。

スパニッシュ・ライスを食べ終えたとき、ケインは彼女の料理の腕をほめた上で、こうつけ加えた。「夕食は僕が作ろう」

「できるの?」

「もちろん。僕はこう見えてもなかなかのコックでね。家事はひととおりこなせるんだ」

ケインは半分残ったペトラの皿に目をやった。「食欲がないのか?」

「私はもともと少食なのよ」

「何を言ってるんだ」ケインはからかうような笑みを浮かべている。「ちゃんと食べるんだ。それでなくても、君は細すぎるんだから」

「はっきり、がりがりだって言ったらどう?」

ケインはペトラのわざとらしい笑顔を値踏みするように見返した。「それはちょっと卑下しすぎじゃないかな。君はがりがりとは違う。それに、僕は細めの女性のほうが好みなんだ。だが、やせっぽちは困る。さあ、食べなさい」

ペトラはいらいらした。「もうおなかに入らないわ」

「いや、入るはずだ。駄々をこねるのはよせ。君が自分で食べるか、僕が食べさせるかだ」

ペトラは彼の目をにらみ返した。ケインの瞳には固い意志が表れていた。もし、ここで意地を張れば、いくらケインでも無理に食べさせることはできないわ。だけど……。

ペトラはしぶしぶ折れて出た。「わかったわ。でも、そうやって監視されてると食べにくいんだけど」

「じゃあ、僕はお茶をいれてこよう」ケインは静かに言って立ち上がった。「ただし、残さず食べるんだぞ、ペトラ」

ちょっと逆らうと、すぐに押しつけがましい態度に出て……。やっぱりケインは横暴な人よ。

「そうむくれないで」テーブルにお茶を運んできたケインは、冷ややかに命令した。

ペトラはマグカップを口に運びかけたが、手が震えていることに気づき、また下に下ろした。

「一緒にチェスをやろう」ケインは続けた。「そうすれば、しばらくは僕たちがあまり好意を抱いていないことも忘れられる」

ペトラはお茶を見下ろし、必死に考えを巡らした。ケインは私を怒らせたくないのだろう。気の荒い女より従順な女のほうが、はるかに扱いやすいもの。それに、素直なふりをしていたほうが、彼も油断するかもしれない。彼を打ち負かす力がないのなら、巧妙に立ち回るしかないわ。

そこで、ペトラは気が進まなそうに言った。「いいわ」

ケインはゆっくりと意味ありげな笑みを浮かべた。ペトラは心臓が飛び上がったような気がした。

9

チェスではケインにかなわなかったが、スクラブルでは接戦の末、二度ともペトラが辛勝した。ポーカーでは、どちらも譲らずに引き分けた。雨はいまだにやむ気配がない。ケインが読書をしているので、ペトラも古い書棚にあった雑誌をめくった。二年も前のものだったが、ないよりはましだ。

夕方近くになると、ケインは本を閉じて、食事の支度に取りかかった。狭苦しいキッチンを動き回る姿はいかにも手慣れた様子だ。彼が最後にここに連れてきたのは、どんな女性だったのかしら？　広い背中を伏し目がちに眺めながら、ペトラはひがみっぽく考えた。まるで嫉妬《しっと》しているみたい！　ペトラは顔をしかめて雑誌に視線を戻し、記事に意識を集中させた。

「ワインでもどう？」ケインが白ワインのグラスを彼女の前に置いた。

ペトラはぎょっとして顔を上げた。

「一杯ぐらい、かまわないだろう」ケインは機先を制して言った。ペトラがなおもためらっていると、彼はさらに言った。「君があまり酒を飲まないのは知っている。お母さんがアルコール依存症だったからだろう？」

「そうよ」ペトラは落ち着かなげに肩を揺すった。

「余計な心配だと思うね」キッチンに戻りながら、ケインはそっけなく言った。「君は自制心の権化みたいな人だから」

よく言うわ。自制心の権化はそっちのほうでしょう。だが、ペトラは少し眉を上げただけで何も反論しなかった。

料理はなかなかのものだった。ポテトとさやいんげんをつけ合わせに、ステーキ、チーズ、ビスケット、コーヒー。昼食での一件を思い返し、ペトラはすっかり料理を平らげた。外はすでに真っ暗だった。室内にはランプの灯油が焼けるにおいとかすかな炎の音がするだけだ。どちらも不愉快ではなく、むしろ安らぎを感じさせた。

食事がすむと、ペトラは再び雑誌を手に取った。けれども、肘かけ椅子にくつろぎ、読書をするケインの存在が気になってしかたがない。もうじき、彼と同じベッドに眠らなくてはならないのだ。雨音にまじって、彼の規則正しい呼吸までも聞こえるような気がした。

「そろそろやすもうか」

ケインに声をかけられ、ペトラはつい、おどおどした視線を彼に向けてしまった。ケインは目を細め、にやにやしている。私の考えなんかお見通しなんだわ。ペトラはしぶしぶ立ち上がった。

「お先にどうぞ」ケインが言った。

ペトラは背筋を伸ばし、肩を怒らせて寝室に向かった。

洗顔と歯磨きをすませ、ペトラは勢い込んで寝巻きを着た。露出度の少ないものではあるけれど、体の線が透けて見えるのはどうしようもない。ペトラはまなじりを決し、さらにサテンのショーツを身に着けた。

何か文句を言われたら、言い返してやるわ。ところがそんな意気込みに反して、ケインは嘲《あざけ》るように眉を上げただけで浴室に向かった。肩透かしを食ったペトラは、いらいらとベッドに入り、羽根布団をかぶった。緊張感の高まる中、体を固くしてしっかりまぶたを閉じる。やがて、ケインが戻ってくる足音がした。だが、すぐに静寂が訪れ、あとは雨音だけが残った。

ペトラはおそるおそる薄目を開けてみた。ケインは裸でたんすの前に立ち、引き出しをのぞき込んでいる。ペトラの心臓は高鳴り、欲望に全身が熱くなった。息を殺して横たわっているうちに、欲望よりも恐怖心がつのっていく。ケインは嘘《うそ》をついたのかしら？　彼は私を挑発してその気にさせるつもり？

引き出しの滑るかすかな音でも耳につく。低い足音を残して、やがてケインは居間に向かった。戸締まりをする音に続いて、ランプが吹き消される気配が伝わってくる。

ペトラはおずおずと目を開けた。暗闇《くらやみ》の中ではっきりと見えないが、ケインが近づいてくるのは感じられる。彼の体重を受けて、ベッドのスプリングがきしんだ。

ケインが何かしかけてきても、絶対に撃退してやるわ。ペトラは身構えて待った。耳の奥で脈打つ音がとどろいている。

「おやすみ、プリンセス」ケインは低い声で言うと、背を向けた。

相手に気取られないように、ペトラはそろそろと振り向いた。ようやく闇に慣れた目に、ケインのたくましい肩と黒髪が映る。急に熱い涙が込み上げ、ペトラは喉を詰まらせた。まぶたの裏がちくちく痛んだ。

眠りはなかなか訪れなかった。それでも、屋根を打つ雨音に耳を傾けながら、人生の皮肉についてわびしく考えているうちに、いつしか眠りに落ちたらしい。再び目覚めたとき感じたのは、甘美なまでの温かさと世界のすべてから守られているような安心感だった。

ため息をつき、ペトラは彼の熱い肌に頬を寄せた。なめらかな肌と柔らかな感触が顔をくすぐる。舌を這《は》わせると、塩からい男性的な味がした。

その瞬間、ペトラは凍りついた。ケインが目を開けてじっと見ている。激情に満ちた顔には赤みがさし、淡い灰色の瞳がかげっていた。

「違うのよ」ペトラは力いっぱい彼を押し返した。

「いや、違わない」ケインは強引にペトラの体を引き戻した。

「あなたと愛し合う気はないわ」ペトラは歯を食いしばって言った。

「君はこの十分もの間、ずっとそうしていた」

彼の容赦のない口調に、ペトラはおびえて反論した。「私、眠っていたのよ」

「だから本音が出たんだ」

「そんなつもりはないわ！」

「僕が相手じゃ不足か?」ケインはうなり、ペトラの驚いた顔を見て、さらに続けた。

「デイヴィッド・ケアリーとは喜んでベッドをともにするくせに、なぜ僕じゃだめなんだ?　僕が欲しくないなんて言うなよ、嘘だとわかっているんだから。君は一晩中、うなされながら寝返りを打ち続けた。そして、僕の腕の中にすり寄ってきたんだ。それでもまだ否定するのなら……」彼は、薄い寝巻きを押し上げるペトラの胸の先端に触れた。「これが何よりの証拠だ。それに、ここも」

ケインの手がさらに下へと伸び、ペトラの中心に滑り込んだ。サテンのショーツもなんの役にも立たなかった。

ペトラの口からかすれた声がもれた。体は弓なりになり、一瞬、そのまま欲望に屈しそうになった。

「そうだ」ケインは満足げにつぶやいた。「君は僕が欲しくてたまらないんだろう?　それに、プリンセス、僕も君が欲しくてならない」

このままでは、彼に屈伏してしまう。でも、それだけはできないわ。ケインはすでに充分すぎるほど私を嫌悪している。このうえ、自分の欲望も抑えられない女だと軽蔑《けいべつ》されたら、もう生きていけない。

「いやよ」ペトラは必死に彼の腕から逃れ、浴室に駆け込んだ。ドアに鍵《かぎ》はないので震える体でドアを押さえた。

ドアを通して、ケインの気配が伝わってくる。ペトラは息を殺し、どこかに逃げ道はないかと浴室の中を見回した。

雨もりに気づいたのはそのときだった。天井を見上げ、急に笑い出したくなった。雨に救われるなんて！ ペトラは勢いよくドアを開けて呼びかけた。「ケイン、天井から雨がもっているわ」

ケインはペトラの視線を追った。彼は悪態をつきながらジーンズとシャツを着込み、ボウルを持ってくるようにペトラに命じてから、キッチンに向かい、屋根裏に通ずる出入口の下に椅子をすえた。それから素足のまま外に飛び出し、すぐに金づちと工具セットを携えて戻ってくると椅子に上り、扉を押し上げて天井裏に入り込んだ。

「ボウルを」天井からケインの手が伸びた。

ペトラは派手な色のプラスチックのボウルを差し出してから、浴室に戻って心配そうに天井を見つめた。雨もりはさらに広がっている。これではここだけで収まりそうにない。

寝室に戻ってみると、実際に雨もりが始まっている。このままいけば、ベッドも水浸しになってしまうだろう。そのうえ、外の雨はいっこうに弱まる気配がない。

ペトラはなんとかベッドの位置をずらそうと頑張った。だが、重いベッドはびくともしない。気のせいか、雨もりはますます天井を浸食しているように思える。乱れたシーツを目にして、ペトラの肌が熱くなった。もう自分を抑えることはできないわ。だったら、逃げなくちゃ！

頭上では、ケインが天井裏を進む音がする。ペトラは衣装戸棚に駆け寄り、彼が来るとき着ていたズボンを探した。

ところが、ポケットには何も入っていなかった。思わず失望の声が出そうになる。ペトラは足音を忍ばせてベッドに近づき、ケインの枕《まくら》の下を探った。

やはり、何もない。やみくもに、マットレスの間や下を探ってみた。捜し求めていたものはそこにあった。ペトラは目を輝かして車のキーを引っ張り出した。

だが、そっと家を出る間も、本能はこのままとどまって愛のために闘うべきだと訴えていた。理性と感情の板挟みになり、ペトラはドアのところでためらった。それでも庭に駆け出したのは、デイヴィッドとの関係をなじるケインの軽蔑に満ちた口調を思い出したからだった。

家のほうに注意を払いながら、ペトラは車のドアを開け、運転席に滑り込んだ。それらしいキーをイグニッションに差し込む間も、手が震えていた。

やったわ！　エンジンはいったんかかったあとに止まりかけ、一瞬ペトラをひやりとさせたが、再び安定した音を響かせた。シートベルトをする暇はない。ペトラは後ろも見ずに門を突っ切り、狭いでこぼこの小道に出た。

轍《わだち》やくぼみにたまった雨のせいで、運転は困難を極めた。ハンドルを握り締め、闇を見すえてペトラは必死の思いで車を前進させた。

だが、角を曲がったとたん、ペトラは行き場を失った。うっそうとした茂みが道を遮断している。とっさにブレーキを踏むと、車はスリップして土手に激突した。

その衝撃で、ペトラは前に投げ出された。フロントガラスに額を打ちつけ、失神しそうになりながらも即座に体を起こし、からみ合った茂みの先に目を凝らした。雨でなぎ倒された木が道を完全にふさいでいる。車を溝から出せたとしても、この先に進める見込みはない。

ケインがいきなりドアを開けたのは、ペトラがハンドルに両腕を預けてがっくりと頭を載せたときだった。雨が顔に降りかかり、ペトラはしぶしぶ目を開けて顔を上げた。

次の瞬間、ペトラの体がすくんだ。ケインは怒っている。激怒している。前に一度だけ、これと同じ表情を見たことがある。ケインが帰宅するなり、娼婦《しょうふ》と呼びつけたあの夜だ。

「大丈夫か？」ケインは語気荒く尋ねた。

ペトラはうなずいたが、その不用意な仕草で額を強く打ったことを思い出した。激しい怒りにもかかわらず、ケインは優しい手つきで額の打ち身を確かめた。

「大丈夫よ」ペトラは消え入りそうな声で言った。

「君はなんて考えなしなんだ！」一喝《いっかつ》してから、ケインは怒りを抑えるために深呼吸した。「ほかに怪我《けが》したところは？　肩は大丈夫か？　肋骨《ろっこつ》は？」

「平気よ」ペトラは力なく答えた。「ちょっと頭を打っただけだから。気絶もしなかったし」

ケインはペトラを車から助け出し、自分のコートを脱いで着せかけた。ボタンをとめながら彼は言った。「この車は使えない。木をどかすのにトラクターがいるだろう。ここから引き返すが大丈夫か？」

「ええ、もちろん」ケインがボタンをとめ終わるまでペトラはおとなしく立っていたが、彼に抱き上げられたとき、かすれた声で抵抗した。「私、歩けるわ」

「ばかを言うな」

降りしきる雨からできるだけペトラを守りながら、ケインはぬかるんだ道を力強く歩き出す。家に着くころには、ペトラは疲れはて、後悔にさいなまれていた。どうして彼の車を盗んで逃げようなんて考えたのかしら？　冷たい悪寒が全身へ広がっていく。ケインは険しい顔を崩さない。だめだわ。とても許してくれそうにない。

「バスルームに行くんだ」家の中に入ると、ケインが命令した。

ペトラは首を横に振った。「あなたのほうが濡《ぬ》れているわ。あなたが先に行って」

ケインは低くうなった。「僕に脱がせてほしいのか?」

「いやよ!」

「だったら、さっさとシャワーを浴びるんだな」

これ以上口論しても無駄だ。ペトラは無言で寝室を抜け、浴室に向かった。天井は相変わらず雨水のせいでふやけていたが、雨もりが広がる様子はない。ケインが天井裏の雨のもる場所にボウルを置いたのだろう。

ペトラは浴槽の縁に座り、おずおずと額のこぶに触ってみた。ほんの少し痛むけれど、激しい頭痛は治まっている。ところが実際に鏡をのぞいてたじろいだ。

ケインを怒らせたあげくが、この始末だわ。こうなったら、冷静になって威厳を保つしかない。

だが、上半身裸のケインが戸口に現れると、威厳を保つどころではなくなった。目は胸毛に覆われたたくましい体に釘《くぎ》づけになる。

「風呂に入りなさい」ケインの声は硬く、よそよそしかった。

「今、入ろうとしてたのよ」立ち上がったとたん、足もとがふらついた。ケインはすかさずペトラの体を捕まえた。一瞬、頬が彼の胸に触れ、ペトラはあわてて身を引きはがした。

「ありがとう」

「ドアは開けておくように」ケインが命じた。

ペトラはむっとして抗議しかけたが、揺るぎない灰色の瞳を見て観念した。「わかったわ」

ケインの口もとに冷ややかな笑みが浮かんだ。「それでこそ僕のプリンセスだ。僕の車を壊したあとでさえ、礼儀正しく取り澄ましていられるんだからな」

返す言葉が見つからず、ペトラは精いっぱいあごを上げて、彼が立ち去るのを待った。彼がいなくなったからといって、体のこわばりは解けなかった。

それでもシャワーを浴びているうちに徐々に体はほぐれていった。だが、神経は緊張したままだ。ケインもずぶ濡れだったことを思い出し、ペトラはできるだけ急いで体を洗った。最後に、目を閉じて思いきりシャワーを顔に受けた。こうしていると、これからケインとの対決が待ち受けていることも忘れられそうな気がする。そのとき、不意にシャワーが止まり、ペトラはぎょっとして目を開けた。目の前に、蛇口をひねるしなやかで力強い手がある。

ペトラはかっとなって叫んだ。「出てって！」

「ペトラ」ケインは穏やかに言った。「寝室で医者が待っている。すぐに出てくるんだ。でないと、腕ずくで引っ張り出すぞ」

医師はまだ若く、ケインの剣幕にあきれている様子だった。彼はペトラに説明した。

「僕はここから十五キロくらいのところで診療所をやっているんです。たまたまここの門の近くを通りかかったとき、ご主人がすごい勢いで飛び出してきましてね。おかげで、ぬかるみの中を歩かされましたよ」

診察が終わるころには、ケインもシャワーを浴びて、寝室に戻ってきていた。「で、どうなんです?」彼はじれったそうに尋ねた。

医師は落ち着いて答えた。「運がよかったと言うべきでしょうね。額のこぶ以外、どこも異状はありません」

「レントゲンを撮らなくてもいいのかな?」

医師は考え深げな顔つきになった。「その必要はないと思いますが、もし気になるようでしたら、病院のほうに連絡しましょう」

ペトラはかすれた声で言った。「そこまでする必要はないわ」

だが、ケインは彼女を無視して、医師に直接話しかけた。「ぜひそうしてください」

ケインの決意は固かった。彼はペトラの抗議にも、医師の大丈夫という言葉にも耳を貸さず、ヘリコプターを呼び寄せて、ペトラをカワカワの高台にある小さな病院に運んだ。

ペトラはそこでレントゲンを撮り、問題なしという太鼓判をもらった。

ケインは優しいながらも、よそよそしかった。まるで他人に接するような態度なのだ。

いっそ怒りを爆発させてくれたほうがましだ、とペトラは思った。病院を出た二人は、再びヘリコプターに乗り込んだ。

「今度はどこに行くの？」ペトラはぐったりとした声で尋ねた。

「オークランドだ。君を家に連れて帰る」

オークランドの町並みは、雨で灰色にけぶっていた。ペトラはぼんやりと風景を眺めた。また頭痛が始まっていて、光が目にまぶしい。ぶるっと身震いすると、体を抱くケインの腕に力がこもった。ペトラはその力強いぬくもりに身を委《ゆだ》ねた。やがてヘリコプターは市街地の中心に立つ高層ビルの屋上に着陸した。

男たちが傘を手に飛び出してきた。ケインは先にヘリコプターを降り、ペトラに腕を差し出した。

「一人で降りられるわ」ペトラは抗議した。

ケインはちらりと白い歯を見せた。「僕の顔も立ててくれ」そうは言ったものの、それは命令以外の何物でもなかった。

結局、ペトラはおとなしく彼の腕に抱かれ、エレベーターで地下の駐車場へと運ばれた。男たちは無言で二人につき従った。彼らの好奇心が手に取るように感じられる。ペトラはこれまで、ケインを大企業の経営者として意識したことはなかった。だが、ヘリコプターを手配する素早さと、このものものしい出迎えを見て、改めて彼が実力者であると思い知らされた。

私が知っているケインと、大企業を牛耳るケイン・フレミングは、同じ一人の人間なんだわ。でも、私は彼の一面しか知らない。私が愛しているのも、彼の一面だけなのだ。

激しい頭痛にペトラの頭は混乱していた。地下で待ち構えていた大型リムジンに乗り込むと、ペトラはシートにもたれて目を閉じた。ケインは外で立ち止まり、部下たちにいくつか指示を出している。それから車に乗り込んで、運転手にペトラの家の住所を告げた。

家に着くと、ケインは二階の寝室にペトラを運び、寝巻きに着替えさせた。湿っぽく寒々とした部屋の中に、屋根や窓にあたる雨の音が響いている。

「さあ」ケインはペトラを毛布にくるみ、水の入ったグラスと錠剤を差し出した。「これで頭痛も治まるだろう」

ペトラは錠剤をのむときに反射的にうなずき、激しい痛みにひるんだ。部屋を出ていこうとするケインに、ペトラはかすれた声で言った。「ごめんなさい」

「何が?」

「車を壊してしまって」

「車なんかどうでもいい」ケインは静かに言った。「心配いらないよ。それより少し眠ることだ」

次にペトラが目を覚ますと、カーテンが引かれ、居間から運んできたヒーターが作動していた。おかげで部屋は温かく、湿気もなくなっていた。ペトラは額のこぶをそっと撫《な》でて、顔をしかめた。まだ、少しずきずきする。今ごろは、打ち身の跡が虹《にじ》色に変色しているんじゃないかしら。

あくびとともに寝返りを打ったペトラは、あっけにとられて目をしばたたいた。脇《わき》で、ケインが肘かけ椅子に座って本を読んでいる。彼は視線を上げ、気難しそうな顔をわずかにほころばした。「やあ、お目覚めだな。気分はどうだい?」

「頭痛も治まって、だいぶよくなったわ」わけがわからず、ペトラは的外れな質問を口にした。「あなた、ここで何をしているの?」

ケインは夫が妻の寝室にいるのは当然だなどとは言わなかった。「君の様子を見ていたのさ」

ペトラの唖然《あぜん》とした表情を見て、彼は真顔に戻った。

「結局、君が逃げ出したのは、僕が怖がらせたせいだからね」

「それで責任を感じているわけ?」なぜかがっかりして、ペトラはきつい口調になった。

「あれは私が勝手にしたことよ」

「なぜ逃げたんだ?」

ペトラは横たわったまま彼を見つめた。スタンドの光がケインの黒髪を照らし、精悍《せいかん》な顔を際立たせる。死にかけたショックで頭がはっきりしたのか、医師からもらった強力な鎮痛剤の余韻のせいかはわからない。とにかく、ペトラは今こそ彼に真実を告げなくてはならないと悟った。

「怖かったから」ペトラはつぶやいた。

ケインは眉を上げた。「僕が危害を加えると思ったのか？」

「そんな、違うわ！」ペトラは上半身を起こし、震える手でほつれた髪をかき上げた。

「違うのよ」

今こそ、心の奥底に隠し続けてきた秘密を言わなくてはならない。緊張しながらも決然とした声でペトラは言った。

「あなたが欲しかったから怖くなったの。また同じことを繰り返しそうで」

「それが僕たち二人の望みだろう」ケインはまばたきもせずにじっと見つめている。「確かに僕は、お互いをよく理解し合う必要があると言った。だが、それまで待てないことは、二人ともわかっていたはずだ。だったら、何を怖がる必要がある？」

ペトラは乾いた唇をなめ、彼から目をそらした。そして、物憂げな声で言った。「あなたに私の母の話をしたでしょう。でも、あれは……全部話したわけじゃないの。母は感情に流されやすく、興奮のあまり我を忘れるような人だった。父が母を捨てたのは、彼女の嫉妬深さと依存心にいやけがさしたからなの。残された母はますます手に負えなくなり、そのせいで愛人たちにも見放されたわ。そして、寂しさを埋めるためにお酒に頼るようになったのよ。あの家では、私が大人だった。母を愛し、その一方で軽蔑してた。ほかの人たちが同じ気持でいることも知ってたわ。あなたに話さなかったのは、私が伯母さまたちの与えてくれた穏やかな生活を愛していながら、心の底では母を見捨てた気がしていたってことなの」

ケインが低くうなった。ペトラはうなずき、視線をそらしたまま、言葉を選びながら話し続けた。

「子供の論理は残酷なものだわ。キャス伯母さまは注意深く私のふるまいに目を配り、少しでも母のような感情的な部分を見つけると、一つ一つ矯正していったの。衝動や癇癪《かんしゃく》だけならまだしも、喜びや悲しみまで否定されたのよ。でも、伯母さまと伯父さまは私を愛してくれたし、私も二人を愛していたから、一生懸命自分を抑えることを学んだわ。そして、冷静でいることが何よりも大切だと思うようになったの。キャス伯母さまは、激しい感情は下品なものだと信じているのよ。だから、私もそう考えるようになったのね」

ケインは静かに言った。「伯母さんは君を自分の分身に仕立て上げたんだ。お母さんのにおいを消して、伯母さん自身のイメージをすり込んだ」

ペトラはうなずいた。「そうね。あなたの言うとおりだわ。でもね、ケイン、あなただって私の母みたいな人を自分の子供の母親にしたくないでしょう」

「そうかもしれない。でも、君のお母さんにもいいところはあったはずだ。君は自分が感情的で身勝手だったことを欠点のように言うが、裏を返せば長所でもある。新しいことを始める人間は、えてして感情的で身勝手なものだ。確かにナイチンゲールのような人々がいなかったら、世界はもっと悲惨になっていただろう。だがいくら志が高くても、本来持っているものをつぶすべきじゃない。君の伯母さんは、自分の都合に合わせて君を愛していたんだ。君は彼女の理想の子供にならなければならなかったのさ」

「それは違うわ」ペトラは反論した。「伯母さまはいつも私を愛してくれたのよ」

「愛ほど身勝手なものはないからね」ケインは辛辣《しんらつ》だった。ペトラが抗議しかけると、彼はそっけなくさえぎった。「わかったよ。僕が皮肉屋すぎるのかもしれない。その話はもうよそう。君の話を続けてくれ」

無意識のうちにベッドに寄りかかりながら、ペトラは自分の行動を正当化する言葉を探した。自分が理解できているかどうかも心もとない。

「あなたと会ったとき、私の中から自制心と分別が消えていったの。私は自分を恥じたし、とまどいもしたわ。私は冷静でいたかった。でも、できなかったのよ」ペトラは頬を染めた。「あなたと愛し合うとき、私は本能のままにふるまったわ。あなたがそのせいで私を軽蔑していると知っても、自分を抑えきれなかった。私は退行したの。母そっくりになったのよ」

「ああ、なんということだ」ケインは立ち上がり、窓辺に歩み寄ると夜の闇をにらみつけた。

　ペトラは彼の震える肩を、なすすべもなく見つめた。唇をかみ、さらに先を続ける。

「だから八年前、帰宅したあなたにすべて終わりだと告げられても、私はたいして驚かなかったわ。あなたが私にいやけがさして去っていくことは、ずっと予期していたから。母の愛人たちもそうだったし……」

「くそっ！」ケインは激しく毒づき、ペトラをたじろがせた。「それで君はそんなふうになってしまったんだな？　君の哀れな母親が、伯母さん夫婦のしつけが、その愛らしい心を曇らし、僕は僕で、すばらしいはずの情熱を、うとましいものだと思わせた。君はそのせいで僕が去ったと思っていたんだな？」彼はくるりと振り返り、ペトラを見つめた。

　ペトラは柔らかなシーツをぎゅっと握り、言葉もなくうなずいた。

「聞いてくれ」ケインはベッドの傍らに寄り、腰を下ろして、そっと彼女の体を抱き寄せた。ペトラの体が震え始めた。ケインはペトラのあごに手をあて、上を向かせた。「君の情熱、君がそこまでさげすんでいる欲望こそ、僕が君を忘れられなかった理由の一つなんだ。君は初めての女性じゃなかったが、君ほどすばらしい女性はほかに知らない。君は僕にすべてを預け、甘美な情熱で惜しみなく応《こた》えてくれた。そんな君にいやけがさすはずはないだろう。君を君のお母さんと重ねて見たこともなかった」ケインは少し体を引き、無理やりペトラと視線を合わせた。「信じてくれるかい？」

ペトラは最初ためらったが、心から彼を信じていることを悟り、のろのろとうなずいた。

「君はこれまで会った中で一番愛らしい人だった」ケインはくぐもった声で続けた。「個性的で利発で思いやりと愛情にあふれていた。僕は君が欲しくてならなかった。その気持は今でも変わっていない。もし君が本当に、僕が君の反応を嫌悪していると信じていたのなら、僕に対しても同じ嫌悪を感じていたはずだ。違うかい？」

ケインの瞳は和らぎ、きらきらと輝いている。彼は手を差し伸べて、ペトラの涙を受けとめ、その手を唇にあてた。彼の熱いまなざしを受けて、ペトラの華奢《きやしや》な体はかっと熱くなった。

「いいえ、感じていないわ」ペトラは小声で言った。「絶対に」

「競馬場で再会するまで、君がどれほど美しいか忘れていたよ」ケインは優しい口調で言った。「強く気高く優雅で、本当にプリンセスそのものだった」

ペトラはひたすら待った。催眠術にかかったように身動きできない。ケインはじっと顔を見つめている。ペトラはされるがままに彼のキスを受けた。

ケインは服を脱ぎ捨て、ペトラの傍らに身を横たえた。ペトラは彼のすべてを受け入れ、燃え上がる欲望に身を任せた。ケインによって、封印されていた快感の一つ一つが呼び覚まされていく。

ついにたまりかねて、ペトラはあえいだ。「ケイン、お願いよ」彼の瞳が勝利に輝くのがわかったが、もはや抵抗できなかった。

それは八年前と少しも変わっていなかった。ケインに抑制をはぎ取られ、ペトラは我を忘れて上りつめた。やがて、夢うつつの満ち足りたときが過ぎ、心の中に初めて羞恥《しゅうち》心がわき起こる。

「さあ」ケインは勝ち誇って言った。「プリンセス、恥ずかしがることは何もないと認めるんだ。欲望にすべてを忘れたのは君だけじゃないんだから」

10

ペトラはまぶたを開け、充足感に輝く顔を見つめた。涙が窓をたたく雨のように流れ落ちる。

ケインは悪態をつき、ペトラを抱き寄せて背中をゆっくりとさすった。それでも体は激しく震えている。ケインは毛布を引き上げ、二人の体を包み込んだ。ペトラは彼の腕から逃れようともがいた。ケインは腕に力をこめた。ケインが憎かった。自分自身が憎くてならなかった。

「だめだよ、ペトラ、自分の体を痛めつけるような真似《まね》は。今は眠るんだ、眠るんだよ……」

ペトラが目覚めたときはまだ昼だった。外の雨は相変わらずで、いっこうにやむ気配がない。ケインはこちらに顔を向けて眠っている。眠っている間でさえ、ペトラを監視しているようだった。

これでまた同じことの繰り返しだわ。ペトラはぞっとした。私は悪魔に魂を売り渡し、ケインに屈伏してしまった。母のように、自分の欲望に負けてしまったのだ。もちろん、ケインのことは愛している。でも、彼はあの恍惚《こうこつ》のときも愛しているとは言ってくれなかった。

苦い屈辱感がペトラをさいなんだ。これからは、ケインの意思のままに、抱かれることになるだろう。彼の魅力の前では完全に無力だった。

ベッドを離れようとすると、ケインに手首をつかまれた。ペトラは動きを止めてじっと待った。もはや抵抗するには手遅れだ。やがて、ケインはまぶたを開いた。かすかにまどろんでいた瞳は、すぐに生気を取り戻し、ペトラに焦点を合わせた。

「逃げるつもりか?」ケインは言った。「たとえ鎖につないででも、君を逃がさないからな」

ペトラは皮肉な笑みを浮かべ、彼のいとおしい顔を見た。私をつないでいるのは愛情という最も強い鎖。でも、あなたがそれを知ることは永遠にないでしょうね。

「いいえ」ペトラは静かに言った。「もう二度と逃げたりしないわ」

ケインは彼女にいぶかしげな視線を向けた。「どうしたんだ?」

「なんでもないの」

ケインは納得していないようだったが、とりあえずその話を打ち切った。彼はあくびをしながら、ペトラに腕を回してキスした。「頭の具合はどう?」

「平気よ。頭痛もしないし」

ケインはそっと額のこぶに触れた。「うん、少し腫《は》れが引いたな。でも、打ち身の跡が変色している。そろそろ何か食べるかな」

「私が買い物に行くわ」

「いや」ケインは思いきり伸びをした。「そのあざはちょっと目立ちすぎる。ここにいなさい。僕が用意するから」

二人してトーストとベーコンを食べる間も、ケインは何くれとなく気づかってくれた。だが、細かい心配りの中にも、よそよそしさがあった。

食器を洗い終えると、ケインは電話を使っていいかと尋ねた。ペトラは彼を残して二階に上がり、ベッドのシーツとピロケースを取り替えた。それでも、昨夜の情熱の余韻が室内に、家の中に充満しているような気がする。

この家から離れたい。手持ち無沙汰《ぶさた》で、彼に抱かれたときのことを思い出しているより、よっぽどましだわ。ペトラは窓辺に近づき、外の景色を眺めた。

いつしか雨はやんでいた。雲のはざまに青い空がのぞき、水平線の辺りが明るくなっている。ペトラは階段を駆け下り、庭に出た。外の空気はひんやりと湿っぽく、緑と土のにおいがした。目についた雑草を引き抜き、郵便受けをのぞいてみた。

中には、回覧板と旧友からの手紙が一通あるだけだ。ため息をつきながら、ペトラは監獄であり城でもある家に戻った。

ケインは相変わらずよそよそしい態度で、ペトラに休むようにと言い張り、午後になると、彼女のかかりつけの医者を連れてきた。診察の結果、打ち身はかなりよくなっていることがわかった。

その夜、二人は再び愛し合った。激しい情熱に体力を使いはたしたペトラは、彼の腕の中で眠りに落ちた。翌朝は、穏やかな晴天だった。まだ乾ききっていない庭に太陽の光が降り注ぎ、椿《つばき》の木ではむくどりもどきやめじろの姿が見られた。

目覚めたとき、ケインの姿はなかった。彼がどこに行ったのかもわからない。シャワーで昨夜の名残を洗い流したあと、サンドイッチとコーヒーを用意して日向《ひなた》に出ると、目を閉じて太陽の光を全身に受けとめた。やがて、ぼんやりした耳に、小さく電話のベルが聞こえてきた。ペトラは息をついて、家の中へ戻った。

電話の主はケインだった。「片づけなきゃならない用件ができてね。今週いっぱいは留守にするよ」つっけんどんな口調で言うと、彼は少しためらってからつけ加えた。「少しは僕を恋しがってくれ、プリンセス」

それから三日間、ペトラは落ち着かない思いで過ごした。ケインは姿を見せなかった——彼がニュージーランドにいるのか、それともアメリカに戻ったのかさえわからなかった。それでも、なんとか日々を送れたのは、ひとえに意志の力を総動員したおかげだった。

ペトラは庭いじりをしながら考えた。ケインのおかげで私の何かが変わった気がする。

彼は私を求めていることを率直に認め、それを全身で表現してくれた。私を母親と同一視していないことをはっきり示してくれたのだ。今は、欲望に対する罪悪感や恥、苦痛はない。こんなにすがすがしい気分になれたのは数年ぶりのことだ。

ただ、確かに欲望もその一部ではあったけれど、ケインに対する思いはそれだけでは語り尽くせない。私はケインを愛している。情熱、慈しみ、好意、尊敬、興奮が混沌《こんとん》と入りまじった思い――それが愛情なのだ。母はそれを求めて多くの愛人たちを渡り歩いたが、私はすでにそれを探しあてた。つねに愛を求め、そして裏切られた母の不幸はどんなものだっただろう。

ケインが戻ってきても、愛されていないからといって泣くのはよそう。彼の感情をそのまま受け入れ、そこから新しい絆《きずな》を作ればいい。

土曜日の朝、新聞を広げたペトラの目に、スタンホープ社の株式公開とローレンス・スタンホープの引退に伴うケイン・フレミングの社長就任を伝える記事が飛び込んできた。

ペイシェンス・コンピュータ社を世界規模の大企業にのし上げた人物が、一介の弱小企業であるスタンホープ社の経営に乗り出したのは、意外な成り行きかもしれない。だが、そこには姻戚《いんせき》関係が働いている。これで同社の未来は大きく開けることだろう。

ペトラは息をのみ、先を続けた。

ローレンス・スタンホープのコメントは取れていない。ケイン・フレミングも発言を拒否しているが、今度の一件で彼の経営戦略が変わることはないものと思われる。彼は現在、私用でニュージーランドに帰国中である。

そのあとには、スタンホープ社の概要が紹介されていた。ペトラは眉間《みけん》にしわを寄せて、記事に添えられたケインの写真を見つめた。

なぜこんなことを？　ケインは寛大な人じゃないわ。伯父さまと伯母さまが破産に追い込まれても構わないと、はっきり断言していたもの。ローレンス伯父さまがこんなにあっさりと引退したのも不思議だわ。ケインは今どこにいるの？　もうすぐここへ戻ってくるのかしら？

だが、彼は戻ってこなかった。

それから数日後、デイヴィッドから食事の誘いがあった。ペトラはそれを受け、食事をしながら、二人きりで会うのはこれで終わりにしたいと告げた。

「フレミングのせい？」

「ええ」

デイヴィッドはうなずいた。「やっぱりね。いいよ、深くはきかない。でも、僕たちは友達だ。困ったときはいつでも相談に乗るからね」

ペトラは深い感謝をこめて彼にほほえみかけた。

ペトラを家まで送ったデイヴィッドは、門を入るなり尋ねた。「あのBMWは誰のだい？」

ペトラの心臓が高鳴った。車の窓越しに、ケインの姿が認められる。彼はBMWの運転席から降り立ち、肩を怒らせて近づいてきた。

「いったいどうなってるんだ？」そう言いながら、デイヴィッドも素早く車を降りた。

ケインは助手席のドアを力任せに開け、ペトラを中から引きずり出した。

「痛いわ、ケイン。お願いだから……」

暗闇《くらやみ》の中でケインの白い歯がのぞいた。「悪かったな」少しも悪いと思っていない口調だ。彼はデイヴィッドに目を転じ、冷ややかな声で言い渡した。「ここから出ていけ」

困惑したデイヴィッドの視線を受けて、ペトラは口を開きかけた。「ケイン……」

「帰れ」ケインはそれを無視して、さらにすごんだ。「二度と顔を見せるな」

ペトラが話すより先に、デイヴィッドが語気荒く言った。「ペトラが帰れと言うまでは帰らないぞ」

ケインは声を低くした。「とっとと失《う》せろ」彼は威嚇するように身構えた。その姿は獲物を八つ裂きにしようと狙《ねら》う野獣を連想させた。

ペトラはあわてた。「デイヴィッド、お願いだから帰って。これはあなたには関係のないことなの」

「でも」デイヴィッドはむっつりと答えた。「男として、女性が危害を加えられそうなのを見すごすことはできないよ」

ケインのなめらかな声が、即座に追い討ちをかけた。「僕が危害を加えたい相手はペトラじゃない。君だよ。彼女の愛人のこととなると、僕は気が短くなるんでね。彼女は僕と再婚したんだ。もう君の出る幕はないのさ」

ペトラはまぶたを閉じた。

デイヴィッドはあっけにとられて、ケインとペトラの顔を交互に見比べた。「本当かい、ペトラ?」

「ええ」ペトラは声を絞り出した。

デイヴィッドはじっと彼女を見ていたが、やがてうなずいた。「わかった。僕は帰るよ。ただし、これだけは言っておくぞ、フレミング。僕はペトラの友人だ。愛人なんかじゃない」

冷ややかな声でケインは言った。「そんなことはどうでもいい。とにかく、彼女とは金輪際会うな」

ケインは居丈高な姿勢を少しも崩そうとしない。デイヴィッドは不安げな視線を投げかけてから、車に乗り込み、去っていった。

「いい加減に手を放して」ペトラは弱々しい声でケインに訴えた。「逃げたりしないから」

「君はいつだって逃げてばかりだ」ケインはペトラの手から鍵《かぎ》を奪った。「結婚してからずっとそうだった。だが、もうたくさんだ。二度と君を逃がさない」

家に入ると、ケインは玄関のドアを閉め、鍵をかけた。まくり上げたシャツの袖《そで》からのぞく腕は今も怒りで震えている。

ペトラは目を伏せ、なすすべもなく立ち尽くしていた。振り返ったケインに、そっけなく言った。「デイヴィッドとの間には何もないわ」

「僕がプロポーズする前の晩、やつの家に泊まっただろう」ケインは軽蔑《けいべつ》を隠そうともせずに断言した。

ペトラはぽかんと口を開けた。「どうして知ってるの？」

「あの晩、ここに来たからさ。家は真っ暗だった。それでぴんときたんだ。やつのフラットまで車を飛ばすと、ちょうど君がやつと中に入っていくのが見えた」

ペトラはあの晩の暴走車を思い出した。ブレーキのきしむ音。突然の発進。

「そうだ」ケインはよそよそしく言った。「僕はうちに戻って、前後不覚になるまで酔っぱらった」

ペトラは唇をかんだ。「デイヴィッドがコーヒーを飲みにここに立ち寄ったときに、ちょうど無言電話がかかってきたのよ。それが初めてじゃなかったから、私、怖くて。おまけにその直後にまたかかってきたの。だから、デイヴィッドが泊まりに来るように言い張ったのよ」

「電話会社には連絡したのか？」

「ええ。でも、あれ以来かかってこなくなったわ」ペトラはすがるようにケインの顔を見た。彼は相変わらず険しい表情のままだ。彼女は無力感に打ち勝とうとしながら続けた。「だけど、デイヴィッドとは何もなかったのよ。何も」

ケインは冷たいまなざしでペトラをすくませたが、鼻先でせせら笑うことはせず、考え深げに言った。「わかった。これで合点がいったよ。愛し合ったときの君はまるで……初めてのようだった。どれだけ経験を積んでも、純真にふるまえるのが君の才能かとも思ったが。ほかに男はいなかったのか、プリンセス？」

「あなたにそれをきく権利はないわ。私たちは離婚したんだもの」

「離婚を切り出したのは僕じゃない」ケインは硬い声で指摘した。「なぜ僕と離婚したんだ？」

ペトラの顔から血の気が引いた。「あなたが再婚したがるかもしれないと思って」

「君が再婚したいからだと思ったよ」

答えることができず、ペトラはただ首を横に振った。ケインは荒っぽい口調で言った。

「僕はどうでもいいことだと自分に言い聞かせた。僕の財力しか見てない女なんか必要ないってね」

「だったら、なぜ戻ってきたの？」ペトラは息を詰めて尋ねた。

「話しただろう」

「聞いてないわ。あなたが話したのは嘘《うそ》か言い訳よ。私は本当のことが知りたいの」

二人の間に張りつめた沈黙が流れた。ややあって、ケインはようやく口を開いた。「僕が戻ってきたのは、君を心の中から追い出せなかったからだ」

「だから、私を懲らしめたかったのね」

ケインは肩をすくめた。「そうかもしれない。いや、そうだろうな。あの誕生パーティで、月の光を浴びた君を見たとき、僕は禁断の夢が現実になったのかと思った。君はあまりにも若く、あまりにも無邪気だった。君の伯父さんに何かの下心があって、僕を招待したことはわかっていた。彼は僕を忌み嫌っていたからね。それでも、僕は君が欲しかった。だから、君を抱いたんだ」

「私、結婚が目あてであなたを誘惑したんじゃないわ」ペトラはきっぱりと断言した。

ケインは口もとを歪《ゆが》めた。「あれは僕の失言だ。責任は僕ら二人にあると思う。僕は君より十歳も年上で、自分を抑えるべき立場にあった。でも、僕はとにかく君が欲しかった。

だから、言われるままに君と結婚したんだ」

「それに、私たちは幸せだったわ」ペトラは彼を見ずに言った。

「僕たちは愚か者の天国にいたんだ」ケインは厳しく訂正した。「君が感じていたのは強い欲望だけだった。けれども僕は、いつかそれが愛情に変わることを期待していた――君の伯父さんが僕を誕生パーティに招いた本当の理由を知るまで、君の無邪気な情熱がすべて芝居だと気づくまでは。僕は血の気の多い若者のように欲望に身を任せた自分を嫌悪した。そのうえ、君の愛らしい顔と体にだまされていたと知ったときは……殺してやりたいと思ったよ」

ペトラはケインに駆け寄り、腕をつかんで力いっぱい揺すぶった。その目には怒りが満ちていた。

「私の話を聞いて」ペトラは叫んだ。「ちゃんと耳を傾けて。ローレンス伯父さまが何をたくらんでいるのか、私はまったく知らなかったわ。何一つね！　あなた、私をなんだと思っているの？　私が伯父さまのために愛していない人と結婚すると思うの？　私はそれほどばかじゃないわ！」

ケインはペトラの激した顔を冷ややかに眺めた。「わかってる。君はスタンホープのたくらみなど何一つ知らなかった」

ペトラは手を離し、食い入るように彼の顔を見つめた。「ローレンス伯父さまにきいたの？　スタンホープ社の件を話し合ったときに？」

「いや。もしきいても、彼はあくまで嘘を押し通しただろうね。君を見ていて確信したんだ。君は言ったね、僕が去ったのは、君の欲望の激しさにいやけがさしたからだと思ったって。もしそう信じているのなら、君は伯父さんのたくらみについて何一つ知らなかったことになる。つまり、彼が僕に嘘をついていたわけだ」

　ペトラの瞳がかげった。「じゃあ、あなたは……確証が欲しかったのね。私を愛……信頼していなかったから、私の言葉を信じられなかったんだわ」

「彼に金を貸したあとはね」ケインは感情のない声で説明した。「契約をすませたとき、彼が言ったんだ。君は彼が結婚を認めた理由を知っているって。彼のために君が自分を犠牲にしたとも言っていた」

「それで、あなたは伯父さまの言葉を信じたのね？」ペトラはあきれ顔で彼を見た。「私がそれほどばかだと信じたわけね？」

「もっともらしい話に思えたんだ。君は伯父さん夫婦を愛し、恩義を感じていた。今回、僕と再婚したのだって、彼を救うためじゃないか」

　ペトラはためらった。これは大きな賭《かけ》だ。でも、今こそ彼に言わなくては。「あのときも今も、私があなたと結婚したのは、あなたを愛しているからよ。伯父さまがあなたに嘘をついた理由はわからないわ。あなたが気に入らないからって、自分にできる唯一の方法であなたの鼻をへし折りたかったのかもしれない。それとも、私に対する遠回しな恩返しの要求だったのかも」

「なるほどね」ケインはよそよそしく相づちを打った。

ペトラは真剣に話を続けた。「十八の誕生日の夜、庭を歩いてくるあなたを見て、私は一目で恋に落ちたわ。子供っぽい愛情だったけど、私は私なりに精いっぱいあなたを愛していたの。あなたと結婚していた間は本当に幸せだった。あんなに幸せだったことはあとにも先にもないわ」

ケインの表情は相変わらず険しかった。ペトラは賭に破れたことを悟った。彼は私を愛していないし、愛する気もないんだわ。絶望で胸が張り裂けそうだ。

そのとき、ペトラは体を固くした。八年前、私はプライドと屈辱感だけに支配されていた。でも、今度は違う。ケインは愛情を否定しながら、心の奥底で求めている。なんとか彼の心を開くことができれば。

すべてを失うかもしれないと承知しつつ、ペトラは静かに言った。「私はずっとあなたを愛し続けてきたわ。あなたこそ、なぜほかの女性と結婚しなかったの？」

ケインは一瞬目を閉じた。再び開いたとき、そこには感情があふれ出ていた。「僕も同じだ。もちろん、ほかの女性とつき合ったことはある。でも、誰かにキスするたびに、君の愛らしい唇を思い出し、僕が求めているのは君だと感じて……。だから、僕は帰国して自分の感情に片をつけようと決心した。もし君が再婚していたなら……」彼は肩をすくめた。「浮気を持ちかけていたかもしれないな」

ペトラは低くあえいだ。ケインの顔に自嘲《じちょう》の色が濃くなった。

「君を見たときはとても信じられなかった。僕の愛らしくて陽気で情熱的な女の子が、一分のすきもない洗練された人形に変わっていたのだから。君が僕を見る目には、感情のかけらもなかった。僕はその冷静な仮面をはぎ取り、本物のペトラ・フレミングを表に引っ張り出したかった」

「だから、私と再婚したのね」

ケインは口もとを歪めた。「僕はてっきり君がケアリーとベッドをともにしているんだと思った」

彼を決断させたのは嫉妬《しっと》だったのかしら？　それとも、独占欲？「それで？」

「頭に血が上ったよ。なんとしてでも、君を彼のベッドから引きずり出したかった。大げさに聞こえるだろうが、彼を、そして君を殺したいとも思った。君との再婚を決意したのはそのときだ。そして、君の弱みである伯父さんを利用して、君に結婚を迫った」

ペトラは穏やかに言った。「ケイン、もしあなたを愛していなかったら、いくらローレンス伯父さまが困ることになっても、けっして再婚に応じなかったわ。道義的には、あの借金の責任は私にあるのよ。私のためじゃなかったら、あなたはローレンス伯父さまにお金を貸さなかったはずだもの。だから、できるだけ返していくつもりよ」

「ばかを言うな」ケインは猛然と切り返した。

ペトラがいぶかしげに眺めると、ケインは悪態をついた。

「そんな目で僕を見ないでくれ。よくもそんなに冷静でいられるな！　結局、僕は君を変えられなかったわけだ。二度目のハネムーンの最初の夜、僕は眠れなかった――君が欲しかった。なのに、君は僕の傍らに横たわっていながら、はるか遠くにいたんだ」

ペトラは陰気にほほえんだ。「私がそんな鎧《よろい》をまとったのは、あなたに傷つけられて、感情を隠さなくてはならなかったからよ」

「それだけじゃないだろう？　愛し合ったとき、君はこの腕の中で生気を取り戻し、昔と同じ熱情で応《こた》えた。それが次の日には、また呪《のろ》いをかけられたお姫さまのように氷の塔に閉じこもった。なぜだ？　僕が君のお母さんと同一視していないことは、わかってもらえたはずだろう？」

ペトラは顔を上げ、彼の鋭いまなざしを見返した。頬は真っ赤に染まっていた。

ペトラが押し黙っているので、ケインはさらに言った。「あのあと、君は苦しげに涙を流していた。あれも何か関係あるんだろう？　どうなんだ、ペトラ？」

「あなたに信頼してもらえる日が来るとは思えなかったからよ。私は何度も、裏切っていないとあなたに訴えたわ。でも、あなたは信じてくれなかった。ほんの少しでも私を愛していたら、少なくとも私を信じようと努力したはずでしょう」

「君を愛したくはなかった」ケインはいらいらして言い放った。「愛さないように努力したんだ」

ペトラは思いやりと愛情に満ちた目でケインを見つめた。「人は必ず代償を求めるものだと思い込まされてきたから？　ご両親やアンダーソン夫妻に裏切られたせいで、私があなたをだます片棒を担いでいたという考えに飛びついたのね？　私がお金のために結婚したと思って、あなたはひどく腹を立てたけど、今ならその理由がわかるわ。でも、あのときはどうしても腑《ふ》に落ちなかった。私の恥知らずな態度があなたをうんざりさせたんだと考え始めたの。今だって、そう思っているわ。初めて愛し合ったあと、あなたは変わったもの――よそよそしく、自嘲的だった」

「君にうんざりするはずないだろう」ケインのまなざしは熱かった。「僕が変わったのは、たぶん、スタンホープを送り込んで結婚を迫った君を、少し懲らしめようと思ったからだ」

「私、そんなことはしてないわ」

ケインは皮肉っぽくほほえんだ。「君の言葉を信じるよ。僕は最低の男だった。それに、君が言うとおり、欲得ずくの連中にいやけがさしていたこともあって、彼の嘘にあれほど取り乱したんだろう。それも理由の一つだ。君と出会う一カ月前、アンダーソン夫婦が金を要求してきた。だから、あのころの僕はシニカルになっていたんだ」

彼の過去を思って、ペトラの胸は張り裂けそうになった——本当の愛を知らず、売り買いされた子供時代。誰も彼の本質を理解していなかったんだわ。彼の能力を見抜いたアンダーソン夫妻でさえも。

「ほかの理由ってなんなの？」ペトラは尋ねた。

「君を愛していたからだ」

ペトラの胸は激しく高鳴った。だが、それと同時に恐れた。彼は私を愛していた。でも、今は？

「それで……」ケインは穏やかに言った。「僕たちはこれからどうしたらいいんだろう？」

「わからないわ」過去を乗り越えて、それなりの結婚生活を送ることは可能かもしれない。でも、お互いの欲望だけで幸せになれるかしら？　それとも、いつも物足りなさがつきまとうことになるのかしら？

「もう手遅れかな、ペトラ？　僕は取り返しのつかない過ちを犯したんだろうか」

震えながら、ペトラは小声で言った。「いいえ、手遅れじゃないわ」

ケインはほほえんだ。情熱に満ちた懐かしい笑顔だった。「よかった」

「ケイン」ペトラは静かに尋ねた。「私のことをどう思っているの？」

ケインはまぶたを閉じ、それから改めて目を開けた。よそよそしい光は消え、そこにはぬくもりが宿っていた。

「僕のプリンセス、君への愛情を失ったことはない——一度も、だ。だから、僕は君のもとを去った。つらすぎて、君と同じ国にいられなかった。そして、家庭が欲しくても再婚しなかった。僕の妻は君しかいない。僕の子供の母親も君しか……」

幸せすぎて実感がわかない。長年培われた自制心が素直に反応するのを拒んでいるのだろう。それでも心の奥では少しずつ凍りついた感情が解け出していた。

「抱いてほしいの」ペトラは頬を染めながらきっぱりと言った。

ケインの口もとがわずかに引き締まった。「本気で言ってるのかい?」彼は用心深く尋ねた。「君の心の準備ができるまではせかしたくない。この前、君を抱いたのは、君に嫌悪や軽蔑を抱いていないことをわかってもらいたかったからなんだ」

「ええ。あなたが留守の間に、少しずつ理解できるようになったわ」

「君が待てと言うのなら、僕は喜んで待つ。君を愛しているんだ。君を抱くことができなくても、この気持は変わらないよ」

思いやりに満ちた言葉に、ペトラは目をうるませた。「あなたを愛しているわ。あなたのおかげで、欲望は異常なものではなく、愛情の大切な一部だと気づいたの」

ケインは少しためらってから、ペトラを抱き上げ、寝室に向かった。

今日はまるで違っていた。ケインは慈しむように服を脱がせながら、ペトラの美しさを一つ一つ挙げていった。讃辞を浴びて、ペトラの肌がほんのりと赤く染まった。

「私、やせっぽちだもの」

「僕にとっては完璧《かんぺき》だ。今のままの君がいいんだ」

彼の愛撫《あいぶ》に導かれて、ペトラは未知の世界へと漂っていった。あれほど恐れていた欲望に身を委《ゆだ》ねて、ペトラはケインと永遠の愛を契った。

やがて、ケインはそっとささやいた。「呪いは解けたかい、僕のプリンセス?」

「ええ」ペトラは物憂げに答え、彼を見上げた。その顔は愛の喜びで輝いていた。「あなたの呪いは?」

「完全に消えてなくなったよ。僕と一緒にアメリカに行ってくれるかい?」

「あなたと一緒なら月にだって行くわ」

ケインは低く笑った。「きっとサンフランシスコが気に入るよ。あそこは世界で最も進んだ街の一つだ。でも、ニュージーランドで過ごすことも多くなるだろうね。今は通信技術が発達しているから、連絡には困らないし。それに、僕は仕事量を減らすつもりなんだ。ペイシェンス社はもう軌道に乗った。僕は退屈な経営よりも、新しい分野に挑戦するほうが好きだからね」

「何かたくらんでいるのね?」

「ああ、いろいろとね」ケインは曖昧《あいまい》に答え、ペトラの顔を食い入るように見つめた。

「その話はあと回しだ。服を着ていないときの君の瞳は、アクアマリンのように澄んでいるんだね。あのバンガローは好きかい、それとも、この間でいやになった？」

「まさか」ペトラは熱っぽく言った。「いやになるわけがないわ。私、あのバンガローが大好きよ。だって、あそこで本当のあなたと巡り合えたんだもの。子供たちを育てるのにもいい場所だし」

「早速、子供を作るつもり？」

ペトラはいたずらっぽく笑った。「私たち二人とも、若返ることはできないのよ、ケイン。それに私、あなたと離婚してから、ずっとピルをのんでいないの。もしかしたら、もう一人目ができているかもしれないわ」

「構わないのかい？」

ペトラは彼の肩にキスした。「ええ、ちっとも。あなたは？」

ケインはペトラにキスし、大きく伸びをした。「僕にとって、これ以上の望みはないね」

「よかった」ペトラは体をすり寄せた。でも、もう一つだけ解決しておくべき問題がある。

「どうしてスタンホープ社の経営に乗り出したの？」

体を抱くケインの腕に力がこもった。「君と愛し合ったあと、ずっと考えていたんだ。八年前の僕は冷酷で最低の男だった。君の話を聞こうともしなかった。この八年間、ずっと君を責め続けてきたが、悪いのは僕のほうだったんだ。僕はその償いをしたかった。だから、フィジーに飛んで、スタンホープと話し合ったんだよ」

ペトラはうなずいた。

「君に話しておくべきだったが、君の伯父さんの策略にはうんざりしていたから……。考えなしだったとしたら謝るよ」

ペトラはふっと笑って、彼の胸に手を這《は》わせた。「私たち、離れている時間が必要だったのかもしれないわ。でも、もう二度と離れないでね」

「約束する」ケインの声には愛情が満ちあふれていた。「これからは、ずっと一緒だ」

「ローレンス伯父さまを救ってくれたのに、私、お礼も言ってなかったわ」

「その必要はない。君は伯父さん夫婦を愛している。だから、彼らは僕にとっても大切な人たちだ。それに僕が彼らを嫌っていたのは、嫉妬していたからじゃないかって気もする。情けない話さ。君の伯父さんはすんなりと引退を受け入れてくれたよ。だから、彼の今後は安泰だ」

「じゃあ」ペトラの声がかすかに震えた。「伯父さまの借金はどうなるの？」

「あんなもの、くそくらえだ！」ケインは笑っていた。「すべてけりがついた。その代わり、会社の所有権を譲り受けたからね。借金の話はこれっきりにしてくれよ。あれさえなければ、幸せな八年間を過ごし、今ごろは子供たちに囲まれていたんだ」

「それはどうかしら」ペトラは彼の胸をなぞった。「まあ、それなりの結婚生活を送っていたかもしれないわね。でも、あのころの私は幼すぎたもの。本当はまだ結婚なんてすべきじゃなかったのよ。離れて暮らしてみたことが、かえってよかったんじゃないかしら。私もだいぶ大人になったし、今ならお互いのことがよく理解できるわ。私たちの出会いは早すぎたんだと思うわ」

「そうかもしれないな」ケインは彼女の耳たぶにキスした。「さあ、もう眠ろう」

ひっそりとした闇の中で彼に寄り添い、穏やかな寝息に耳を傾けながら、ペトラはそっとほほえんだ。二人はようやくお互いを見つけたのだ。目の前には愛と希望に満ちた未来が広がっている。

やがてペトラは眠りに落ちていった。お姫さまの鎧は愛と信頼の力で打ち砕かれたのだと考えながら。

●本書は1992年11月に小社より刊行された作品を文庫化したものです。

百万ドルの花嫁

2025年3月1日発行　第1刷

著　者　　ロビン・ドナルド

訳　者　　平江まゆみ（ひらえ　まゆみ）

発行人　　鈴木幸辰

発行所　　株式会社ハーパーコリンズ・ジャパン
東京都千代田区大手町1-5-1
04-2951-2000（注文）
0570-008091（読者サービス係）

印刷・製本　中央精版印刷株式会社

Printed in Japan © K.K. HarperCollins Japan 2025 ISBN978-4-596-72489-2

2月28日発売

ハーレクイン・シリーズ 3月5日刊

ハーレクイン・ロマンス

愛の激しさを知る

二人の富豪と結婚した無垢 ケイトリン・クルーズ／児玉みずうみ 訳
〈独身富豪の独占愛 I〉

大富豪は華麗なる花嫁泥棒 ロレイン・ホール／雪美月志音 訳
《純潔のシンデレラ》

ボスの愛人候補 ミランダ・リー／加納三由季 訳
《伝説の名作選》

何も知らない愛人 キャシー・ウィリアムズ／仁嶋いずる 訳
《伝説の名作選》

ハーレクイン・イマージュ

ピュアな思いに満たされる

捨てられた娘の愛の望み エイミー・ラッタン／堺谷ますみ 訳

ハートブレイカー シャーロット・ラム／長沢由美 訳
《至福の名作選》

ハーレクイン・マスターピース

世界に愛された作家たち
〜永久不滅の銘作コレクション〜

紳士で悪魔な大富豪 キャロル・モーティマー／三木たか子 訳
《キャロル・モーティマー・コレクション》

ハーレクイン・ヒストリカル・スペシャル

華やかなりし時代へ誘う

子爵と出自を知らぬ花嫁 キャサリン・ティンリー／さとう史緒 訳

伯爵との一夜 ルイーズ・アレン／古沢絵里 訳

ハーレクイン・プレゼンツ作家シリーズ別冊

魅惑のテーマが光る極上セレクション

鏡の家 イヴォンヌ・ウィタル／宮崎　彩 訳
《ハーレクイン・ロマンス・タイムマシン》

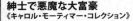

大好評につき
2025年も
継続決定！

特別付録つき豪華装丁本

花嫁の願いごと一つ

The Bride's Only Wish

ダイアナ・パーマー　アン・ハンプソン

（PS-121）

必読！アン・ハンプソンの自伝的エッセイ＆全作品リストが巻末に！

ダイアナ・パーマーの感動長編ヒストリカル『淡い輝きにゆれて』他、英国の大作家アン・ハンプソンの誘拐ロマンスの2話収録アンソロジー。

3/20刊

ハーレクイン文庫

「シンデレラの出自」

リン・グレアム／高木晶子　訳

貧しい清掃人のロージーはギリシア人アレックスに人生初の恋をして妊娠。彼が実は大実業家であること、さらにロージーがさるギリシア大富豪の孫娘であることが判明する！

「秘密の妹」

シャロン・サラ／琴葉かいら　訳

孤児のケイトに異母兄がいたことが判明。訳あって世間には兄の恋人と思われているが、年上の妖艶な大富豪ダミアンは略奪を楽しむように、若きケイトに誘惑を仕掛け…。

「すれ違い、めぐりあい」

エリザベス・パワー／鈴木けい　訳

シングルマザーのアニーの愛息が、大富豪で元上司ブラントと亡妻の子と取り違えられていた。彼女は相手の子を見て確信した。この子こそ、結婚前の彼と私の、一夜の証だわ！

「コテージに咲いたばら」

ベティ・ニールズ／寺田ちせ　訳

最愛の伯母を亡くし、路頭に迷ったカトリーナは日雇い労働を始める。ある日、伯母を診てくれたハンサムな医師グレンヴィルが、貧しい身なりのカトリーナを見かけ…。

「一人にさせないで」

シャロン・サラ／高木晶子　訳

捨て子だったピッパは家庭に強く憧れていたが、既婚者の社長ランダルに恋しそうになり、自ら退職。４年後、彼を忘れようと別の人との結婚を決めた直後、彼と再会し…。

「結婚の過ち」

ジェイン・ポーター／村山汎子　訳

ミラノの富豪マルコと離婚したペイトンは、幼い娘たちを元夫に託すことにする——医師に告げられた病名から、自分の余命が長くないかもしれないと覚悟して。

ハーレクイン文庫

「あの夜の代償」

サラ・モーガン／庭植奈穂子　訳

助産師のブルックは病院に赴任してきた有能な医師ジェドを見て愕然とした。６年前、彼と熱い一夜をすごして別れたあと、密かに息子を産んで育てていたから。

「傷だらけのヒーロー」

ダイアナ・パーマー／長田乃莉子　訳

不幸な結婚を経て独りで小さな牧場を切り盛りし、困窮するリサ。無口な牧場主サイが手助けするが、彼もまた、リサの夫の命を奪った悪の組織に妻と子を奪われていて…。

「架空の楽園」

シャロン・サラ／泉　由梨子　訳

秘書シエナは富豪アレクシスに身を捧げたが、彼がシエナの兄への仕返しに彼女を抱いたと知る。車にはねられて記憶を失った彼女が目覚めると、夫と名乗る美貌の男性が…。

「富豪の館」

イヴォンヌ・ウィタル／泉　智子　訳

愛をくれない富豪の夫ダークから逃げ出したアリソン。４年後、密かに産み育てる息子の存在をダークに知られ、彼の館に住みこんで働かないと子供を奪うと脅される！

「運命の潮」

エマ・ダーシー／竹内　喜　訳

ある日大富豪ニックと出会い、初めて恋におちた無垢なカイラ。身も心も捧げた翌朝、彼が電話で、作戦どおり彼女と枕を交わしたと話すのを漏れ聞いてしまう。

「小さな奇跡は公爵のために」

レベッカ・ウインターズ／山口西夏　訳

湖畔の城に住む美しき次期公爵ランスに財産狙いと疑われたアンドレア。だが体調を崩して野に倒れていたところを彼に救われ、病院で妊娠が判明。すると彼に求婚され…。